「たくさん本を読んだから、
いろいろなトリックを私は知っている。
きっと、何らかのトリックを使って
火をつけたに違いないのよ！」
名探偵鈴華様爆誕。

スカーレット
朱国の姫。
燃えるような赤い髪を持つ。
マオ
黒の髪に金色の目を持つ青年。
身分を隠し、鈴華との交換日記を
楽しんでいる。
鈴華《リンファ》
呂国の姫。
仙皇帝妃争いに興味がなく、
最優先事項はいつも本、
次に美味しいもの。

レンジュ
後宮と王宮の連絡役。
鈴華を気に入っており、
神出鬼没に姿を見せる。
エカテリーナ
金国の姫。
金色の美しい髪を持つ。
何か焦りがあるようで……。
犀《サ》衣《イ》
紫国の姫。
可愛い見た目だが
お酒が大好き。

「レンジュ、今の地震でしょう？　怖かったね」
「今のは地震じゃない……。
仙《せん》牢《ろう》の開いた合図だ」
「仙皇帝が資格を失った」

八彩国の後宮物語
2
~退屈仙皇帝と本好き姫~
富士とまと
［イラスト］森野きこり

[目次]

プロローグ

『マオへ
動物の本を読んだの。呂国《ろこく》にいる山羊は黒いんだけど、他の国には白い山羊がいるんだって！
それで、なんとその白い山羊は紙を食べるらしいの！　紙だよ、紙！
びっくりだよね。紙って食べられるんだって初めて知ったの。美味《おい》しいのかなぁ。どんな味なのかなぁ。気になるよね。』

マオのくすくすという笑い声に、レンジュが反応した。

「おい、何読んでるんだ？」

レンジュが手元の本に手を伸ばすと、見られないようにと慌ててマオが本を閉じた。

「ん？　なんか、歯形が付いてなかったか？　なんで本に歯形なんてついてるんだ？」

マオが耐えきれずに、声をあげて笑った。

「あははは、やっぱり歯形だよね。どう見ても歯形！　兄さんにも歯形に見えたんだから勘違いでもなんでもなく……あははは。やっぱり、面白いよね。大好き。面白くて、大好きだ」

レンジュが眉をひそめる。

「なんだよ、そんなに面白い本なのか？　見せてくれ」

レンジュがさらに本に手を伸ばすと、マオは服の中に鈴華《リンファ》との交換日記を隠した。

「ねぇ兄さん、兄さんは仙皇帝宮《せんこうていきゅう》から逃げ出したけど、僕は逃げないよ」

マオがにこりと笑うと、レンジュが困った顔をする。

「……逃げた……と言われればその通りだ。俺には退屈な日々がずっとこの先も続くのが耐えられなかった。マオ、お前も無理することはないんだ。また俺が交代してやる。もしくは跡継ぎを作ってやる」

レンジュから飛び出した言葉にマオは目を丸くした。

「跡継ぎ？　さんざん結婚から逃げてた兄さんが、跡継ぎを作るって……！」

レンジュがにやりと笑った。

「結婚さえしちまえば、仙皇帝宮に連れてこられるからな。百年でも二百年でも時間をかけて口説き落とすさ。あいつ、どうせ俺の顔見るより本を読みたいって言うだろうからな」

レンジュの言葉に、マオが焦った声を出す。

「ほ、本って、まさか鈴華？　冗談じゃない。鈴華は後宮《こうきゅう》の仙皇帝妃候補じゃないですかっ！

鈴華を口説く権利は、仙皇帝じゃない兄さんにはないでしょうっ！」

「仙皇帝が妃を迎えれば問題ないだろ。あー、今いるのは朱国《しゅこく》スカーレットと、金国《きんこく》のエカテリーナと藤国《とうこく》の犀衣《さい》だったか。ああ、代替わりした銀国《ぎんこく》の姫がもうすぐ来るんだっけ？　珊国《さんこく》と蒼国《そうこく》と碧国《へきこく》は相変わらず不在だが、仙皇帝が後宮に顔を出せばすぐにでもやってくるだろ？」

マオが嫌な顔を見せる。

「鈴華の気持ちはどうなるんですか」

「あー、鈴華の気持ち？　鈴華は、スカーレットやエカテリーナに仙皇帝妃になってもらいたいみたいだぞ？　で、自分を侍女として連れてってくれって言ってる。鈴華の気持ちを尊重するなら、どっちかと結婚したらどうだ？」

レンジュの言葉に、マオがさらに嫌な顔になった。

「僕は……」

マオが服の上から鈴華との交換日記を押さえた。

「兄さん、僕は兄さんが知らない鈴華のこと知ってるから」

マオはそのまま部屋を出ていった。

「……んー、こんな遅くまで執務室にいるから仕事をしてるのかと思ったら……読書だったか。最近よく本を読むよなぁ」

マオの机の上に残された本を手に取る。

「この本……確か鈴華が持ってきてほしいって言ってたやつだな。明日持って行ってやるか」

第一章

「苗子《ミャオジー》～！　どうしようどうしようどうしようっ！」

「どうなさったのですか？」

頭をぶんぶんと振りながら苗子に必死の形相で訴えると、苗子が落ち着いた声で返事をする。

「お茶会に持っていくお菓子が思い浮かばないのよぉ」

涙目になりながら訴えてるのに、苗子はすんっと表情を消した。

「確か、昨日、本を読んで何がいいか考えたいから行儀作法の時間を読書の時間に変えてくれと頼まれた記憶ですけど……」

あ、はい。そうです。

歩き方とか座り方とか苗子に指導してもらう時間を、お茶会に持っていくお菓子を決めるのに本を読んで調べたいと言って図書室に行かせてもらいました。

「読んだのよ？　お菓子の本を……ね。ほ、本当よ？」

苗子が私を疑いの目で見ている。

ううう、綺麗な顔してるのに、ちょっと胸はないけど、綺麗な顔してるんだから、もう少し笑顔を見せればすごくもてると思うの。笑顔、笑顔が大事よ、苗子！

さらりと、前に垂れてきた髪を、苗子が指で払った。

あ、意外と苗子の手ってごつごつしてる。もしかしたら下働きから成りあがったのかしら？

気になって思わず手を伸ばして苗子の手を取る。

「リ、鈴華《リンファ》様？」

苗子が慌てた。

「苗子って、大きな手をしてるのね？」

自分の手と合わせて比べると、指の関節が一つ分ぐらい長い。

苗子がさっと私の手から逃れるように手を引っ込めると体の後ろに隠してしまった。

「あ、あの、鈴華様……その……」

うっすらと頬を染め、動揺を見せる苗子。

あ、やっちゃった。これ、コンプレックスだ。胸が小さいのを気にしてるのと同じように、手が大きいのも気にしてるんだ。男の人みたいと気にしてるのかも。

「私、苗子の手、好きだわ！」

「え？　ええ？」

苗子が真っ赤になった。

「私の乳母《うば》の手に似てる。ああ、ごめんなさい、乳母に似てるなんて言われたらいやよね？」

くっ。また失言！　おばさんみたいな手って言ったようなもんじゃないのっ！

「わ、私の手はほら、こんなんよ？　色は白いけど、なんだかスラっとしてなくてぷにっとしてるし、それにペンだこが目立つでしょう？」

あははと笑って見せると、苗子は隠していた手を出して私の手を取った。

両手で私の右手を、優しく取る。

「私は、鈴華様の手、好きですよ」

苗子が、綺麗な顔でにこりと笑った。うわっ。めちゃくちゃ綺麗っ。

ぼぼぼっと、顔が赤くなる。

手が好きとか、初めて言われたけど……。これ、言われたほうは恥ずかしすぎるよっ！

苗子は私のドキドキする気持ちを知らず、飛び切りの笑顔のまま言葉を続けた。

「それで、鈴華様はどのようなお菓子の本をご覧になったのですか？　よろしければタイトルを教えていただけませんか？」

手を持たれているので、逃げ出すこともできない。

「お、お菓子……『お菓子の国のアリアッテ』……」

苗子が口角《こうかく》をあげた。それはもう、不自然なほどに。もう笑顔だけど笑顔じゃないっ！

怖いよぉ。ドキドキの意味合いも違ってくる。

「私の記憶によれば『お菓子の国のアリアッテ』は小説だったと思いますが……？」

そうなんだよ。お菓子ってタイトルにあったから、お菓子に関する本なんだと思って手に取って読み始めたら、小説だったの。それも、出だしのつかみが秀逸で。ついつい引き込まれ……。

「続編のタイトルは確か『天空の国のアリアッテ』でしたっけ？」

「え？　続編があるの？　早速仙皇帝宮《せんこうてい》の地下図書館からレンジュに取ってきてもらわないと。レンジュ、レンジュー、レンジュはどこ〜」

天井に向かって声をかけてみる。

「鈴華様」

苗子の地を這うような低い声に、ガタリと天井で物音がした。

くっ、あれは、いるけど苗子が怖くて出てこないつもりねっ！　裏切り者！　レンジュの裏切り者ぉぉぉぉぉぉっ！

「お茶会に持っていくお菓子はもうよろしいのですか？」

あ、そうだった。今は本よりお菓子だ。

「どうしよう、苗子ぃ！　せっかくスカーレット様とエカテリーナ様と三人でお茶会するのに……変なお菓子持っていって嫌われたらどうしよう。せっかくお友達になれたのに……」

思えば私、呂国《ろこく》では社交とは遠ざかっていたからお茶会も経験不足なんだよね。

「お二方とも、その程度のことで鈴華様をお嫌いになるようなことはないと思います」

「そ、そうよね！　二人ともとてもいい人だもの！　お菓子が気に入らないわ！　なんて悪役令嬢のようにたったそれだけのことで友達を辞めるようなことしないわよね！」

そうよ！　スカーレット様はもう「何の嫌がらせのつもり？」なんて言わないと思うし。

エカテリーナ様だって鳥の丸焼き文化がある国なんだもの。国によっていろいろな食文化があることは知ってるよね？　ふふ、鳥の食べ比べは楽しかったなぁ。

「……鈴華様の奇行に慣れておいでのお二人が今更《いまさら》どのようなお菓子を持っていったとしても嫌うわけがないですわ……」

思い出に浸っている私の後ろで苗子が何かをぼそりとつぶやいた。

「何か言った？」

「あ、いえ、今回のお茶会は、金の宮に招かれるということでしたので、金国《きんこく》の色……栗を使ったお菓子をご用意されてはいかがでしょうか？」

苗子の言葉にうるっとなる。

「ありがとう！　苗子！　ちゃんと考えてくれて！　大好きぃ！」

思わず苗子に飛びつきぎゅっと抱きしめる。

「鈴華様ぁっ！」

苗子が焦った声を出している。と、思ったら、天井からストンとレンジュが下りてきて、私の首根っこをつかんでべりっと苗子から引き離した。

「抱き着くなら、俺にしておけ」

ほれと、レンジュが両腕を広げてにこりと笑った。

「レ、レンジュに抱き着くわけないでしょうっ！　この裏切り者！」

ふるふると指を突き出す。

「は？　裏切り者？」

そうよっ！　名前を呼んだとき、いたのに来てくれなかったじゃないのよっ！　苗子から守ってくれなかったくせに！

「裏切りっていうのはこういうことだよ」

レンジュは広げていた両手を前に出して私をぎゅっと抱きしめた。

は？　えーっと、どういうこと？

レンジュの大きくてたくましい腕に抱きしめられ、混乱する頭を必死で働かせる。

私を抱きしめることの何が裏切り行為なの？

いや、何がじゃない。誰に対して裏切っているの？

私を抱きしめるのが私に対する裏切り？　それは違うよね。抱きしめてはだめなんて約束なんてしてない。

じゃあ、レンジュ自身？　自分で自分を裏切るなんて言わないよね？

……あと、この部屋にいるのは、苗子だ。

私を抱きしめることが苗子に対して裏切り行為ってことは……！

「あー、やっぱり、レンジュと苗子って結婚するの？　ねぇ、結婚するの？」

私のあげた声に驚いてレンジュが慌てて体を離した。

「はぁ？　なんで俺が苗子と結婚することになってんだ？」

「え？　違うの？　隠さなくてもいいんだけど！」

レンジュに詰め寄る。

「隠してない、ってか、ありえないから、物理的に無理だろ」

首をかしげる。苗子を見る。

物理的？

苗子がすっと視線を落とした。

「あー！　レンジュ、宦官《かんがん》だってこと気にしてるの？　生えるんでしょ？　なら問題ないよね？」

「生えねぇよっ！　生えたら困るじゃねぇか！　宦官だから後宮《こうきゅう》にいても問題ないのに、生えたら困るだろうっ！」

……あ。

「そっか、生えないんだ……」

「何、心底残念そうな顔してんだ！　まさか……お前、苗子を……」

はっ！　そうだ。私が残念がってる場合じゃない。

「苗子、大丈夫よ！　生えなくたって結婚したっていいと思うの！　世継ぎの問題がなければ、あ、あと戸籍？　法律？　的に許されてるなら、結婚してもいいと思うっ。問題ないよ！」

苗子の顔が真っ赤になった。

「あー、だめだ、だめだ、苗子、お前、だめだからなっ！」

「ちょっとレンジュ、苗子のこと遊びだったの？」

「いや待て、なんで俺が苗子と遊んだことになってんだよ！」

あれ？

「遊びじゃなく本気なら、結婚したらいいんじゃない？」

首をかしげると、レンジュが私の顎に手を当てて上を向ける。

視線の先にレンジュの顔があった。

「なぁ、この距離なら俺の顔、見えるか？」

レンジュの顔が私の頭一つ分ほどの距離まで近づいた。

レンジュの瞳に私の姿が映っているのが見えるくらいの近さ。なんて綺麗な目をしているんだろう。

「俺が好きなのは、苗子じゃない。俺は、鈴華、お前が」

「レンジュッそこまでです」

苗子が私の腕を引いてレンジュから距離を取らせた。

「今の仙皇帝は誰だかお忘れですか？」

苗子の表情は見えないけれど声にいら立ちを感じる。

「すまん。『天空の国のアリアッテ』取ってくる」

レンジュが苗子に小さく謝ってから私の顔を見た。

「レンジュ大好きっ！」

感激のあまり抱き着こうとしたら、レンジュに首根っこをつかまれて遠ざけられた。

何よぅ。そりゃ私のような本の妖怪《ようかい》に抱き着かれたら迷惑かもしれないけど、そんな首根っこをつかんでぽいってすることはないと思うの。


レンジュがしゅたっと飛び上がっていつものように天井裏へと姿を消してから、調理場へお菓子の指示を出しに行く。

「栗はあるかしら？」

栗の季節からは少しずれている。

「ありますよ。甘く煮て瓶詰にした栗が」

「ちょうどいいわ！　お菓子を作ってほしいので。えーっと、栗を使ったお菓子と言えば……」

ふと、マオの顔が思い浮かんだ。

この栗はマオの金色の瞳みたい。

あ、だとしたら……。夜空みたいなお菓子がいいかも。

って、間に合う？　今からで間に合う？

「大丈夫ですよ。大豆と違いますから。大豆は一晩水につけておかないといけませんけど」

そうなんだ。知らなかった。本をたくさん読んでるくせに、知らないことがいっぱいある。

「私、本を読んでても身近な食べ物のことすら知らないのね……勉強になったわ」

本を読むだけでは知ることができなかったことを、目の前にいる人から教えて貰える。

……私、どうして呂国にいるときにはお茶会にも行かずにずっと引きこもって本を読んで過ごしていたのだろう。人と接することで、本を読んでも知らなかったことを知ることができるのに。

これから……、もっと人と話をしてみようか。呂国に帰ったら……。いや、帰らないよっ！

「私は仙皇帝宮に行くんだから！」

その地下にあるという世界中の本が入っている巨大図書館へ行って本を読むんだから！

「鈴華様、仙皇帝宮へ行くというのは……、もしかして本気でございますか？」

料理長がびっくりした顔をする。

あれ？　知らなかった？　……そうか、苗子には宣言してあるけど、他の使用人に誰彼かまわず言っているわけじゃなかったかも。

仙皇帝妃に選ばれた人に侍女として連れてってもらうんだというのが私の目標ってこと。

……万能侍女になるためには料理も少しはできたほうがいいのかな？

うーん……？　と、首をかしげると、料理長が尋ねづらそうに口を開いた。

「もしかして、豹龍様《バオロン》へ贈り物として鈴華様考案のお菓子を贈るおつもりでしょうか？」

へ？　豹龍って誰？

「お任せください。鈴華様が仙皇帝妃になれますよう、全力で協力させていただきます」

「兄が仙皇帝宮で料理人をしておりますので、手紙を出してみます」

「鈴華様、豹龍様へお菓子を送られるならば、いつでも仰ってください」

あ！　豹龍って、仙皇帝様の名前か！　いやいや、待て待て。

「私、仙皇帝妃になりたいなんて言ってないわよね？」

にこにこ顔の料理長が訳知り顔で頷いた。

「もちろん、わかっておりますよ。自信が持てないので、公言なさるつもりはないのですね？」

はい？　何の自信？　っていうか、なりたくないんであって公言しないわけじゃないよっ！

「鈴華様、終わりましたら、昨日の分も含めてしっかり練習いたしましょうか？」

苗子が現れた。ひぃっ、た、助けて。苗子のマナー教室という、鬼の特訓時間が！

「わ、私、その……」

料理長とお菓子の相談を……。た、助けて料理長……と、すがるような視線を向けたのに。

料理長はまた訳知り顔で頷く。

「苗子さんに任せていれば、自信が持てるようになりますよ。大丈夫です」

と笑って送り出された。だからぁ、自信ってなに？　料理長、助けてくれないの？

「さぁ、鈴華様。今日は歩く練習、座る練習の他に、図書室で本を取るしぐさや本を読むしぐさの勉強をいたしましょうか。美しい立ち振る舞いはどのような行動をとるときにも必要です」

「え？　いいの？　図書室に行っていいの？」

苗子、優しい！

と、思っていたときもありました……。

目の前に本があるのに！　本を取ったり開いたりするだけで、一行も読めない！

「鈴華様、また背中が曲がって本に顔が近づいていらっしゃいます！」

だって、視力が悪いんだから、読めないんだもん。

「鈴華様、目を細めて怖い顔になっております！」

だって、目を細めないと見えないんだもん。

「鈴華様、文字を指で追わない！」

「鈴華様、パラパラとめくらない！」

「鈴華様、立ったまま本を読まない！」

「鈴華様、何冊も本を積み上げない！」

ぎゃーっ！　苗子は鬼だぁぁぁ！


三時間にも及ぶ特訓が終わり、昼食までの短い時間に、クスノキまで向かう。

椅子を置いて、その上に立ちちょっと背伸びをして枝の上に手を伸ばす。

「あった、あった」

手に触れた本を手に取ると部屋に持って帰る時間も待ち遠しくページを開く。

マオと私の交換日記。週に一回くらい往復すればいいかな？　と思っていたら、毎日のようにマオは返事をしてくれる。

『鈴華へ
呂国にいる山羊は黒いんだね。知らなかったよ。

そういえば、どこかの国の歌に、黒山羊と白山羊が出てくるものがあったような気がする。

その歌を作った人は、どちらの山羊も見たことがあったんだろうか？

鈴華のおかげで、新しく音楽を楽しめそうだ。いろいろ考えながら歌を聴くと新しい発見があるかもしれないね。』


「うわー、マオすごい！」

音楽なんて興味がなかったけど、歌には歌詞があり、歌詞は文字にすることができる。文字にすれば本になる。新しい発見だ。歌詞がない音楽も楽譜がある。楽譜は本になる。

「……音楽を聴きたいかも……」

きっと、楽譜を見ながら音楽を聴けば新しい発見があるんだろう。いや、楽譜の読み方を教えてもらうところからかな？　音楽にも物語があると何かの本で読んだことがある。

小説を元に歌劇を作ることがあるとは知ってたけど。元になる小説がなくても音楽には物語があるのかも？　気になる。

交換日記を閉じて、胸に抱え込み、マオの顔を思い浮かべる。

今まで音楽を楽しんだことがなかったのに、今は音楽を聴きたいと思っているなんて、マオのおかげだ。マオと知り合って、マオと交換日記ができて。この感謝の気持ちをマオに伝えたい。

会いたいな、マオに。この感動を直接伝えたい。

はっと、気が付いて笑いが漏れる。

人に会いたいって思うことが不思議だ。

呂国にいたころは、人に会うよりも部屋にこもって本を読んでいたいと思っていたのに。

今、こうして無性にマオに会いたいし、午後からのお茶会でスカーレット様とエカテリーナ様に会うのがとても楽しみで……。

ふと、視線をあげて後宮の中央にそびえたつ仙皇帝宮を見上げる。

「あそこでも、会いたいと思う人と出会えるのだろうか……」

地下図書館に行きたいと思っていたけれど。

年を取らないあの場所には、どんな人たちがいるんだろう。

「仙皇帝……豹龍様はどんな人なんだろう……」

相変わらず、わかっているのは性別と仙皇帝の位についてから三十年間後宮には顔を見せてないということ。

仙皇帝宮は時が止まる場所。

三十年間時が止まる場所で過ごしていれば、十五歳で仙皇帝となれば姿は十五歳のままだし、五十歳で位につけば五十歳のままだ。

「いくつくらいなんだろうなぁ。何色の髪で、何色の目をして、何を考えているんだろう……」

仙皇帝に関して詳細に書かれた本は見たことないんだよね。だから仙皇帝に関しては謎ばかり。

「耳がロバみたいだったりして？」

「誰の耳がロバなの？」

声が上から降ってきた。見上げれば、いつの間にか木の枝にマオが腰かけている。

「マオっ！」

椅子の上に乗ると、木の葉で隠れていたマオの顔が見える。

マオが手を伸ばすので、交換日記がほしいのかと両手で日記を差し出す。

マオは、私が伸ばした手をつかんで、そのまま私を引き上げた。

「うわっ」

すごい力。男の人は力が強いっていうけど、本当なんだ。

「会いたかった」

一人で寝そべればくつろげる太い木の枝とはいえ、二人でいるには狭い。

マオは、木の幹を背に座り直し、私をその前に座らせた。

向かい合って顔を見ながら話ができたらいいんだろうけれど、それだけのスペースはない。

まるで、馬に二人でまたがっているような格好で座っている。

「鈴華……」

名前を呼ばれたので、上半身をひねって後ろを見る。

「あ……」

マオの顔が目の前にあった。息のかかるほど近くに。

「ち、ち、近すぎるよね、ごめん」

マオの謝罪に首をかしげる。

「え？　これくらい近いとはっきり顔が見えていいなぁと思ったんだけど、なんで謝るの？」

なぜかマオが顔を赤くする。

「マオ、目の下にクマがあるわ……」

手を伸ばしてマオの目の下に触れた。

マオが焦ったように小さくうっと声を漏らす。様子が変。

「あ、まさか、この疲れた顔を見られたくなくて、近いって言ったの？　そうなんでしょ？」

マオが顔をそらそうとしたので、両手でマオの顔を挟んでこちらを向かせる。

「無理してるんじゃない？　ちゃんと休んでる？　休めないの？」

マオの顔がさらに赤くなった。

「もしかして、仙皇帝様が休ませてくれないの？」

「え？」

「ひどいわ！　仙皇帝っ！　いくら仙皇帝宮にいれば死なないからって、疲れないわけじゃないのにっ！　仙皇帝様ってそんな人だったのね。軽蔑する」

マオが首を横に振る。

「いや、あの、鈴華、僕は……いや、あの、仙皇帝様は決してそんなひどい人ではなくて……」

「何言ってるの、こんなにマオは疲れた顔をしてるのよ？　寝不足なんじゃない？　それとも、周りで働く人にこき使われてるの？　心配だわ……。マオに何かあったら……」

マオがふっと嬉しそうに目を細める。

うわー、なんて綺麗な笑顔なんだろう。あまりの美しさに思わずどきどきと心臓が高鳴る。

「僕の心配をしてくれてありがとう。でも、本当に大丈夫だから」

「本当？　でも、何かあったら言ってね。仙皇帝様に、抗議の手紙を出すから。どうせ呂国の姫は仙皇帝妃に選ばれることなんてないんだもの。嫌われたってかまわないわ。任せて！」

マオの顔から手を離して、胸をどんと叩くと、ぐらりと揺れた。

むおっ！　落ちるっ！

バランスを崩して枝から落下しそうになった私を、マオが両腕で支えてくれた。

私の後ろから、マオが両腕をまわして体を包むように支えてくれる。

「あは、ありがとう、マオ」

マオが、私の肩に顔を乗せた。マオの髪が私のほほをかすめてくすぐったい。

視界の端にマオの黒髪が映る。呂国の色、黒。

「好きだなぁ……」

ぼそりとつぶやきが漏れ、マオがびくりと体を揺らす。

「私、マオの髪の色、大好き」

そっと手を伸ばしてマオの頭を撫でる。

「うん……」

「それから、マオと交換日記を読むのがとても楽しみで、マオの話も大好き」

懐《ふところ》に入れた交換日記をポンと叩く。

「僕は……全部だ。鈴華の全部が好きだ」

マオの手に力が入った。

「わ、私の全部？　本の妖怪って言われるくらい本ばかり読んでる私でも？」

「食べられるのかなと紙をかじってみる鈴華も好きだよ」

「な、なんで知ってるの？　試しにかじってみたなんて書かなかったのにっ！」

「歯形がついてた」

顔が赤くなる。ぎゃー！　私の馬鹿。かじるなら別の紙にすればよかった！

「恥ずかしがることないよ。そんな鈴華も好きだから」

と、マオが慰めの言葉をくれる。

「ありがとうマオ。でも、恥ずかしいものは恥ずかしいの！　だから、みんなに内緒にしてね！　苗子もレンジュもスカーレット様もエカテリーナ様も、私が紙をかじったことを知ってもマオのように嫌いになったりしないって言うと思うけど……。

「え？　僕のように……？」

「うん。友達ってそういうものだよね？　多少変なことしても許してくれるっていうか……」

「と、友達……？」

「あー、苗子は立場的には友達とは違うけど、私にとっては、その、友達みたいというか……」

マオがはぁーと大きなため息をついた。

「……そっか、友達、うん。……まだ早かったんだ」

「早い？　何が？」

「いや、なんでもないよ。で、兄さんのことはどう思ってるのかな？」

マオはお兄さんのことが気になるんだ。

「えーっと、レンジュは……」

ふと、今日は呼んでも出てこなかったことを思い出した。

「嫌いだわ！」

「え？」

「だって、今日ね、レンジュを呼んだのに無視するのよ？　ひどくない？」

マオが驚いた顔をして何かをつぶやいた。

「もしかしたら……僕に気を遣って？　兄さんが？」

「え？」

「あ、いや。なんでもない。その、兄さんを呼んだ理由はなんだったの？」

「えっと、苗子から守ってほしくて？　……いや、あの、苗子の説教から逃げたくて？　……あれ？　……わ、悪いのは私かな？」

言葉にしてみたら、全然レンジュは悪くなかった。

「どうしよう、私、裏切り者だって言っちゃった……傷つけちゃったかな……」

肩を落とすと、マオが優しい声を出す。

「兄さんはそんなことで傷つくことはないと思うよ。裏切り者なんて鈴華が本気で思ってるわけじゃないって知ってると思うし。そのとき、兄さんはどんな顔してたの？」

どんな顔してたっけ？　距離があって表情までよく見えなかったんだよね。

「あ、裏切りっていうのはこういうことだよって両手を広げて、それから私を抱きしめたんだ」

ぐっと私のお腹にまわしたマオの手に力が入った。

「それは、確かに裏切り者だね」

低い声が届く。怒気を含んでるように聞こえる。

「仙皇帝の仕事を減らして自由時間を増やす、仕事を減らすには仕事を兄さんに振る、仕事はよくわかっているから問題がない、兄さんは仕事が増えて自由時間が減る。そうすれば一石二鳥」

「あ、そうだ、私仙皇帝様に抗議の手紙を書くって言ったわよね？　マオを休ませてって」

でもそれって間違ってたんだ。仙皇帝も仕事を減らさないといけないくらい働いてるってことだよね。仙皇帝様自身が一番大変なのかも……仙皇帝様、自由な時間がないくらい働いてたんだ。

もしかして、後宮に顔を出せないのも、忙しすぎるからなのかな？

マオが私の肩に乗せた顔をぐりぐりと動かす。

「僕は、こうして休んでるよ……でもそろそろ戻らないと」

マオが名残惜しそうに私をクスノキから降ろした。

遠くから私を呼ぶ声が聞こえてきたので、マオは姿を消した。

レンジュもそうだけど、マオも忍者っぽい。もしかしたらレンジュと同じ部署で働いてたりするのかもしれない。他の姫様の連絡係とか？　今、里帰りしていていない姫様の連絡係だから別の仕事を今は任されてるとか？

いや、マオは宦官じゃないよね？

◆◆　◆◆　◆◆　◆◆

「こ、これはなんですの？」

金の宮の庭にある東屋《あずまや》、いやガゼボが今日のお茶会の場所だ。

「ちょっと、鈴華、聞いてる？　これはなんですの？」

ぽんっと肩を叩かれた。スカーレット様が、私をあきれた顔で見ている。

その隣で、エカテリーナ様が小首をかしげていた。

「ああ、ごめんね。あまりにも花が綺麗だったから見とれてた。あれはなんという花？」

庭の一角に、緑の葉の中に黄色い花が、まるで水玉模様のように咲いていてとても綺麗だ。

まぁ、水玉模様に見えるのは、目が悪いから花の形がしっかり見えないからだけど。なんだか絵画のように見えて緑と黄色のバランスがとても美しい。

「ああ、あれは紅花ね。朱国《しゅこく》にもたくさん咲いているわ」

スカーレット様の言葉が理解できなくて、止まる。

「えっと、もしかして名前が紅だからですか？　黄色い花なのに？」

仙人の住まう仙山《せんざん》。不思議な力を持つ仙皇帝がこの世界の中心だ。仙山を中心として世界は八つに分かれている。

それぞれの色を特徴とした八つの国だ。仙皇帝宮の周りには円状の後宮があり、それぞれの特徴を持つ中庭が広がっている。

　スカーレット様は赤い朱国の姫。その庭は赤い土を使ったレンガが敷かれたり、真っ赤なバラが咲いていたりとても華やかだ。

　エカテリーナ様は黄色の金国の姫。光を浴びると金色に輝く砂に、黄色い実をつける木がいろいろ植えられている。

「……あの花、紅花はねぇ、朱国の花なのよ。今は黄色いけれどぉ、そのうち赤くなるんですって。スカーレット様が今日のためにくださったのよぉ」

「ああ、なるほど。黄色でもあり、赤でもある。仲良しの証の花なんですね！」

　にこりと笑うと、スカーレット様が照れたように早口になった。

「そ、それで鈴華の持ってきたこれは何なのよっ！　さすがにこんなに黒一色のものを持ってくるとは思わなかったわ。本当に食べられるの？」

　テーブルの中央にお土産として出した黒い塊。まだ長方形の型に入ったままだ。

　金の宮の侍女に用意してもらったお皿の上に逆さまにして型から中身を取り出す。

「まぁ、まぁ、これは……」

　エカテリーナ様が嬉しそうにほほ笑んだ。

「なるほど、呂国の色と金国の色を施したお菓子なのね」

　スカーレット様が感心したように声を漏らした。

「はい、そうなんです。夜空に輝く星をイメージしたんです。黒い羊羹《ようかん》に砕いた栗を星に見立てて使っています！　えっと、あの、その……」

エカテリーナ様がうんと頷いた。

「鈴華様と、私とのぉ、仲良しの証のお菓子ですねぇ」

「はいっ！　仲良くしてくださいっ、これからもっ！」

思いが伝わるのは嬉しい。

毒見が終わった後、スカーレット様が栗入り羊羹を口に運んだ。

「甘っ。これはずいぶん甘いお菓子ね。チョコと違った優しい風味ね。この柔らかさは、生チョコよりもしっとりしていて好きだわ」

「ほ、本当？」

「スカーレット様の言葉が本当か、確かめてあげますわ」

と言いながら、エカテリーナ様も栗入り羊羹を食べた。

「まぁ、……本当に甘いわぁ。でも花びらの砂糖漬けのような強烈な甘さではなく上品ねぇ。それに舌触りもとてもなめらかだわ。栗がいいアクセントになっていますわねぇ。おいしいわぁ」

「ほ、本当ですか？」

そこまで言ってスカーレット様はふと苗子を見た。

「口に合わないときは、皿に出されたものを残せば済むのよ。おなかがいっぱいでと言っておけばいいの。それが社交というもの。相手の言葉を本当かと尋ねるなんてマナー違反よ？」

苗子がこくんこくんと三度頷く。

「苗子も、マナー教育大変ねぇ」

「ありがとうございますスカーレット様」

それからすぐに、スカーレット様の前のお皿。それからエカテリーナ様の前のお皿が空になった。

「うふふ、お代わりをいただいてもよろしいかしらぁ？」

苗子が切り分けた栗入り羊羹をエカテリーナ様のお皿の上に追加で乗せた。

それから、少し苦めに入れた紅茶をいただきながら、おしゃべりに興じる。

お茶をお代わりするとき、ふと天使の時間とどこかの国で呼ばれる時間が訪れた。

まぁつまり、シーンと静まり返った時間というか、なぜか皆口を閉じた時間。

口を開くこともなく三人で紅花を眺めた。

さぁーっと頬を撫でる風が吹いてきた。

ああ、後宮にも風が吹くんだ。確か結界《けっかい》というのがあったんだよね。それぞれの庭を虫や鳥などの生き物は行き来できない。人は行き来できる。……風は？　風に運ばれる花粉は？

わからないことがいっぱいだ。

風が吹かなければ、こんなことを考えることもなかった。外でお茶をしなければ風にも気が付かなかった。部屋にこもって本を読んでいたら気が付かないことが世の中にはたくさんある……。

スカーレット様とエカテリーナ様の顔を見る。

こうして、お友達とお茶をする時間が、こんなにも幸せな気持ちにさせてくれるってことも……。本を読んだだけではわからないままだった。

「間違っていたわよね」

スカーレット様が、胸元からメモの束を取り出した。あれは！　女の兵法書！

「お茶会での注意点がいくつも書いてあるけれど」

パラパラとスカーレット様がメモの束、つまり、本をめくり始める。

ずりずりと、椅子をスカーレット様のほうへとずらしていき、ひょいっと上半身を伸ばしてメモを覗き込む。スカーレット様は、ぱたりと閉じて胸元にしまった。

「鈴華っ、何度言ったらわかるの？　これは朱国の姫だけに伝わるメモなの。他国の者が見てよいものではありません」

うう、知ってるけど。

「……ちょっとだけって言いそうな顔してますよね？」

「顔だけで言いたいことがわかるなんて、すごい！　さすが友達だよね！」

ぷっと、噴き出す声が聞こえてきた。

「ふふふ、私にもわかりましたわよぉ。友達ですからぁ。くすくす」

エカテリーナ様だ。

「えへ、ありがとう」

「それはそうと、スカーレット様、先ほどの紙の束はなんなのですかぁ？」

エカテリーゼ様の言葉に、スカーレット様がもう一度取り出してパラりとめくり、書いてあることを読み上げた。

「お茶会の心得一、相手に出されたものは必ず一口は手を付けること。手を付けずにいれば『朱国の姫は我が国の出したものに毒が入っていると疑っている、それはきっと朱国が毒を入れる国に違いない』と風評を流される危険がある。相手から出されたものを残さずきれいに食べてはいけない。『あら、朱国の方は普段どのようなものをお召し上がりになっているのかしら？』と暗に『ろくなものを食べてないのね』と馬鹿にされることになる。手土産にするものは朱国の色のものにすること。手土産を粗雑に扱う国で敵意を見分けることができる。相手の国の色の手土産は……と、まぁ、このようなことが歴代の朱国の姫によって書き記されたメモの束ですわ」

うおおお、お茶会怖いっ！

「あらまぁ、もしかして、過去にそのようなことがあったのかしら？　後宮のことはわかりませんが、金国の社交界でも似たような話は聞きますわよぉ」

え？　そうなの？　怖いって思ったのは私だけ？　エカテリーナ様平然としてるよ。

「過去の姫が本当にそのような経験をしたかは今ではわかりませんわ。私もこれを読んで疑心暗鬼になって……あのときは嫌がらせをされたと思い込んでしまいましたから」

ああ、キビタキっていう鳥の死骸が朱国の庭に落ちてたときね。あれ結局毒の木の実を食べて死んでしまっただけだったんだよね。

「そして、朱国は火の国。気性が激しいのも特徴なの。やられたらやり返せというね……。だから、まぁ……余計に敵視してしまって見えていなかった部分があったのかもしれません」

スカーレット様が胸元にメモの束を戻す。

「私は気が強いんだけど、妹は気が弱くてとても激しい戦いの場では耐えられないだろうと思ってたのよ。だから、八年も後宮に居続けたけど……。これなら妹と交代してもよさそうだわ」

スカーレット様の言葉に、目に涙がたまる。

妹と交代するって……。それはつまり……。

「せっかく友達になれたのに……いなくなっちゃうの？」

「すぐにではありませんわ。あと一年ほどね。二十五歳になる前には交代すると父に手紙を書きます。その間に見合い相手を見繕ってもらって、妹の準備も整えておいてもらわないといけませんもの」

一年……。引き留めたい。でも、それはできない。

だって、スカーレット様の話からすると、後宮で妹がいじめられないように、自分ができるだけ長く後宮にとどまるようにしてたんだよね。本当なら、結婚適齢期……行き遅れなんて言われないうちに後宮を去りたかったかもしれないのに。……あれ？　でも……。

「他の姫のように、里帰りと称して後宮にいないこともできたんじゃ？」

スカーレット様が首をかしげた。

「あら、敵前逃亡が許されるような甘い国ではありませんのよ？」

うひゃ。朱国すごい。

「まぁ、私個人としては、国に顔を出すたびに、家族が泣くからあまり顔を出したくなかったのよ。辛い思いをさせてすまない、私のためにごめんなさいお姉さまみたいな感じで……」

あら、優しい家族。うん、だからこそ、妹を守りたいっていう思いが育ったんでしょうね。

「ふふ、妹の心配はなくなりましたが、別の心配ができたわ、こんなにマナーも常識も知らないと、仙皇帝妃になって苦労しそうよね」

ん？　よく聞き取れない。スカーレット様何を言ったの？

「残りの一年、私は全力を出して鈴華を鍛えたいと思いますわ」

「え？　えっと？」

突然のスカーレット様の宣言に、首をかしげる。

「仙皇帝宮を目指すのでしょう？」

スカーレット様の言葉をつなげて考えると。

「スカーレット様は残りの一年で仙皇帝妃になるために全力で頑張って、それで私を侍女として連れて行ってくれるってことですね！」

スカーレット様が、苗子を振り返った。

「はぁ？　どうしたら、こう都合のいい解釈になるの？」

苗子が小さく首を振る。

「スカーレット様に鈴華様のマナー教育に全力でご協力いただけることに感謝いたします」

「え？　全力って私の教育のことなの？」

どういうことかわからないんだけどと、エカテリーナ様に顔を向けると、笑顔だ。

「うふふ、スカーレット様のお気持ちはわかりましたわぁ。私にも協力させてくださいませ」

「え？　エカテリーナ様も、スカーレット様が仙皇帝妃になるのを応援してくれるの？」

エカテリーナ様が首を横に振った。

「私が得意なのは、芸術方面なのよぉ。特に楽器。淑女のたしなみとして楽器の御指南をさせていただきますわぁ」

え？　どゆこと？

「スカーレット様、よろしいですかぁ？」

「ええ。エカテリーナ。あなたもそのときには一緒に行きますか？」

スカーレット様が仙皇帝宮を見上げた。

「まぁ、それもいいかもしれませんわねぇ……。若いままでいられるなら婚期も気にせずに過ごせますよねぇ」

エカテリーナ様も仙皇帝宮を見上げた。

「もしかして、スカーレット様の侍女としてエカテリーナ様もついていこうっていう話？」

スカーレット様が私の頭に載せた顔隠しの布をつけたピンを取り外した。

布は上にあげていて、顔は隠してはいなかったのだけれど。

「まずはいついかなるときも顔を隠さなくとも目つきが悪くならない訓練でもしましょうか？」

「え、無理、無理だよ」

ぱたぱたと手を動かして取り上げられた布に手を伸ばす。

「お預かりいたします」

苗子がスカーレット様から布を受け取った。

ううう、裏切り者！　苗子はどっちの味方なの！　黒の宮の女官だよねぇっ！

「私、友達の鈴華ともっと一緒にいたくなったのよ。妹と交代する前に何とか仙皇帝宮に入ることができれば……私も婚期は気にしなくてよくなるの」

いや、仙皇帝妃になった婚期もなにも、結婚して入るんだよね？　意味がわからないよ？

「せっかくこんなにかわいらしいんですもの。仙皇帝様も鈴華の顔を見ればきっと気に入ってくださるわよぉ」

あれ？　エカテリーナ様、ちょっとおかしなことを言ってますよ？

私が気に入られる？

「ねぇ、鈴華、鈴華が仙皇帝妃になったら、侍女として私を連れて行ってくれますわよね？」

「私も何年かお世話になるわぁ。いえ、違うわねぇ、お世話をするわぁ」

え？　ちょっと、どうして？

「わ、私が仙皇帝妃に選ばれるわけないじゃないっ！　呂国よ？　歴史上一度も選ばれなかった呂国の姫よ？　でもって、国も私も仙皇帝妃を目指したことなんてないのにっ！」

スカーレット様がふっと息を吐き出す。

「ふふ、半分冗談よ。いくら私たちが仙皇帝妃を目指すなんて言っても、肝心の仙皇帝様に結婚する気がなければなりようがないんだから」

「そうですわよねぇ。前仙皇帝様も五十年結婚しませんでしたし、現仙皇帝様も、妃を持たないまま三十年経ちましたものぉ」

ほっと息を吐き出す。

「なんだ、冗談だったんだ。よかった〜」

苗子のように厳しい教育係が増えたら、本読む時間がますますなくなっちゃうところだった！

ほっと息を吐き出すと、スカーレット様が笑った。いや、笑っているけど笑ってない……。

「あら、半分冗談と言ったんですわ。マナーを身につけることは仙皇帝妃にならなくとも無駄になることではありません。呂国に戻ってからも社交はするでしょう？　そのときに役に立つわよ」

呂国に戻ってから、社交？

ここに来る前と同じように部屋にこもって本ばかり読んでいる自分が想像できないことに驚く。

あ、私……。呂国に戻ってからも、本以外のことからいろいろなことを知りたい……。

スカーレット様やエカテリーナ様のような友達が欲しい。……社交かぁ。

そっか。二人は呂国に戻ってからの私のことも考えてくれてるんだ……。

「私、頑張る！」

◆◆　◆◆　◆◆　◆◆

楽しかったお茶会の後半は今後のスケジュール立てをして終わった。

スカーレット様が私に教えてくれるのは、社交における会話術だ。

それからエカテリーナ様は楽器などの音楽。

……あとね、私も教えてもらうだけじゃなくて、代わりに教えてあげることになったの。

何をかというと……、雑学？　本を読んでなるほどと思ったことを話したり、おすすめの本を教えてあげたり、物語を詠じたり。……って、結局、何の話をしたらいいの？

「鈴華様、何にお悩みになっているかわかりませんが、食事中に上の空なのは料理を作った者たちへも失礼にあたります」

苗子の言葉にハッとする。

いつの間に、私は食卓についていたのか！　悩みすぎて記憶が飛んでいる。

テーブルの上には、鶏肉のトマト煮。

「こちらの鶏肉は、赤の宮から分けていただいたトマト、金の宮から分けていただいたオリーブオイルと、そして呂国の醤油を使っております」

料理長の説明に改めて鶏肉に視線を落とす。赤と黄と黒……朱国と金国と呂国の料理。

「他には何を使っているの？」

私の質問に、料理長が口を開く。

「砂糖とすりおろした玉ねぎです」

そっか。普通に呂国の食材だったたか。

と思ったのが表情に出たのか、料理長が補足説明をしてくれた。

「砂糖は呂国で主に使われる黒砂糖ではなく、銀国《ぎんこく》で作られた白砂糖を使っております。玉ねぎも、今回は甘味の強い藤国《とうこく》の紫玉ねぎを使いました」

「そうなのね！　ってことは、この料理は、赤と黄と黒と白と紫……五つの国が手をとりあった料理ってことね！　素敵っ！」

料理長が嬉しそうに顔をほころばせた。

「付け合わせのブロッコリーは翠の宮、クワイは碧の宮、そしてデザートの桃は珊の宮からそれぞれ融通していただきました」

すべての国が手を取り合って出来上がった食卓！

「素敵ね……」

金国は食糧不足を解消するためにどうしても仙皇帝の祝福がほしくて仙皇帝妃を出すことに必死になっていた。

けれど、朱国の協力で赤レンガで街道を整備することで流通を発達すること、そして食糧が豊富な呂国が食糧を売ることで解決できそうだ。金国は金の産出量が多く金銭的な問題もないのだ。

……こうしてお互いの国が協力し合うことで、仙皇帝の祝福を奪い合うようなことをしなくてもどの国も豊かになるといいのに。

そうすれば……よ、仙皇帝妃が決まるまで後宮に各国から一人ずつ姫を置くなんてことも必要なくなるよね？

あ、でもこんなきっかけでもない限り、私はスカーレット様やエカテリーナ様と会えなかっただろうから、その点ではいいよね？　交流の場としては最適なのかも？

となれば、別に国から一人ずつ交流するという形でなくてもいいと思うけれど。あ、でも後宮であるという点では問題があるのかなぁ？

むむ？　結婚する気がないなら後宮も必要ないんだから、いっそのこと結婚する気になるまで後宮は交流の場として開放するとかそういうわけにいかないのかな？

「ふわぁ、おいしい」

考え事をしながらも、料理を口に入れた途端に意識が現実に引き戻された。

「すごくお肉が柔らかいのね。それからソースが甘くておいしい」

もちろん甘いだけではない。玉ねぎの甘さと砂糖の甘さとトマトの酸味。フルーティーな香りはトマトが出してるのだろうか？　醤油の旨味もちゃんと感じる。全体をまろやかにまとめているのは、オリーブオイルなんだろうか。ごま油のような特徴的な香りはしない。すっと時折新しい畳のようなさわやかな香りを感じるけれど、他の食材の香りに溶け込んでいく。

はぁー、幸せ。後宮生活最高よね。ここに来なければこんな素敵な料理は食べられなかったんだから。呂国でも食べられたらいいのに。

もっと他の国同士の交流が生まれて、品物の流通が盛んになればいいのに……。

「ご馳走様でした。とてもおいしかったわ！」

満面の笑みで料理長にお礼を言う。

「いえ、こちらこそ。新しい食材を使った新しい料理、鈴華様がいらっしゃってからさらに料理するのが楽しくなりました」

料理長にお礼を言われちゃった。

黒の宮で働く人たちいい人すぎるよねぇ。……私が来た当初は多少ぎすぎすした感じがあった者たちも、今では──。

「お食事のあとはお風呂でございます。本日は湯船に柚子を浮かべました！」

「御髪の手入れをさせていただきます」

「マッサージは私にお任せください！」

部屋に戻るなり、使用人たちに取り囲まれる。

私、スカーレット様とエカテリーナ様に教えることを考えないといけないのよっ！　そんな二時間も三時間もかけて肌の手入れとかしてもらっていたら、本を読む時間がっ！

あ、そうだ。

「楓《フェン》を呼んでちょうだい！」

マッサージ用寝台にうつぶせで寝転びながら、お願いするとすぐに楓がやってきた。

今年十三歳になる下働きだった子だけど、今は私の専属司書《ししょ》だ。

「楓、三の本棚に並んだ本のタイトルを順に読み上げてくれる？」

「はい」

すぐに楓は図書室の本棚に並んだ本のタイトルをそらんじる。

楓の特技は、瞬間記憶って能力だ。一秒間意識して眺めた景色を細かく記憶できるという能力。

本棚の本は、仙皇帝宮の地下図書倉庫から毎月千冊ずつ入れ替えてもらうことになっている。

つまり、手元には残らない！　読み返したいときに自由に読み返せないし、あの本なんだったたっけな？　という程度の記憶では探せない。そこで楓様なのだ！

覚えておいてもらえば楓に朗読してもらえるのよ。

本棚に並んだ本のタイトルどころか、本が入れ替わるまでになるべくたくさんの本の中身も記憶してもらってるところ。

楓が続けるタイトルを聞きながら、気になったタイトルが出てきたらストップをかける。

「どんな内容？　目次を教えて」

「はい、まずは大きく第一章から第五章まであります。第一章が……」

ふむ。いまいちピンとこない。

「ありがとう、この本はいいわ。もう一度タイトルをお願い」

楓がまた順に記憶を頼りにタイトルを読み上げていく。順調に進んでいたのに、急に止まった。

「どうしたの？」

「申し訳ありません、その……読めない文字……が……」

「そう、紙に書いてみてもらえる？」

楓が紙に読めない文字のタイトルを書いて、見せてくれた。

「あら、これは金国の文字？　朱国の本が並んだ棚にどうして混じっていたのかしら？」

私の肩をもみもみしていた侍女の手が止まる。

「ああ、これは紅花の本みたいですね。紅と入っていたので朱国の本だと思われたのかもしれませんね」

私の肩をもんでいる侍女は金髪で、すぐに金国の者だとわかる容姿をしている。……黒の宮で働くなんて嫌だと言っていた人だよね。今では金国の姫をお救いくださってありがとうございますとずいぶん熱心に仕事をしてくれている。

「なるほど……って、紅花？　紅花は金国の花ではないよね？　黄色い花だけれど、時間が経つと赤くなるって話を今日聞いたわ。……金国が本にしたのはどうしてかしら？」

気になる。

「楓、その本を読むわ。準備しておいて」

「はい、鈴華様！　……その……鈴華様は金国の文字も読めるのですか？」

「ん？　ああ、多少はね。知らない単語は辞書を引かなければわからないけれど。紅花という単語も知らなかったわ。私もまだまだだね」

楓がふっと息をのむ。

「すごいです……」

「すごくないわよ。まだ一ページに二つ三つはわからない単語が出てくるのよ。もっとすらすら本を読めるようになりたいけれど、どうしても単語を辞書で引きながらだとスピードが落ちちゃって……。でも、ここにいる間は金国の本も気軽に読めるから、後宮を出るころには辞書なしでも読めるようになりそうよ。朱国と藤国は呂国と似たところがあるからすぐに読めるようになったのだけど。金国の文字が読めるようになれば、銀国と碧国《へきこく》もほとんど読めるよ。あとは珊《さん》国《こく》と蒼国《そうこく》の言葉は、まだ半分もわからないわ。一冊読むのに、十倍くらい時間がかかっちゃうの」

私の背中をもんでいた侍女が手を止めた。

「や、八つのすべての国の言葉が話せるんですか？」

「違う違う、文字を読むだけ、単語を見て意味はわかっても、発音はわからないのよ。本を読みながら覚えただけだからね」

ああ、なんだそっか、全然すごくないじゃんってがっかりされたかな。

せっかく珍しく褒めてもらえそうだったんだけど。

「本を読みながら……というのは、誰か教師がついて覚えたというわけではなく……？」

「そう。独学。他国と交流するときには、共通言語でしょう？　今私たちが使っている言葉。共通言語はどの国でも第二言語として学ぶじゃない？」

そう、後宮で使われている言葉は共通言語と呼ばれるものだ。王侯貴族は当たり前に学ぶし、他国と取引のある商人なども身につけている。

もちろん、後宮では下働きに至るまでみな共通言語で話をしている。もしかしたら採用基準とか就職試験とかに共通言語が話せることっていうのがあるのかもしれない。

「だから、呂国の言葉の辞書はなくても、どの国の言語も共通言語の辞書は手に入るのよ。ありがたいわ。辞書さえあれば、珊国の言語で書かれた本も読めちゃうんだもん」

足をもんでいる侍女も手を止めた。

「自国と共通言語を理解していれば、他国の言葉が読める必要がないのでは……？」

「通訳でなくとも、その国の文字が読める者が一人いれば解決しますよね」

「だから、学者でもない限り第三言語や第四言語を学ぶなど聞いたことが……」

「国同士の対話は共通言語で行うことになってますし、契約書なども共通言語で作りますよね」

「私、金国出身だから呂国の言葉はわからないけれど、呂国出身の者が共通言語に訳して教えてくれるから何も困ったことはなかったわ。だから覚えようという気にもならなくて」

まぁ、日常生活では私も困ったことがなかったけどね。

あるとき、知ってしまったのよ！　原典で読む喜びを！

「ですが、仙皇帝様はすべての国の言語に通じているという話を聞いたことが……」

「鈴華様が八か国語堪能であるなら……」

「やはり、鈴華様は妃にふさわしいお方」

「美しく心優しくさらに智にもたけているとなれば……」

侍女たちが止めていた手を再び動かしながらぼそぼそと話をしている。よく聞こえないので私に話しかけているわけではないのだろう。

その日は本を読む時間も取れずに就寝。

というか、マッサージが気持ち良すぎて寝てた。起きたら次の日だった。


次の日、いろいろやるべきことをこなして、やっと訪れた読書の時間。

楓が、昨日お願いしておいた金国の言葉で書かれた紅花の本を準備して図書室で待っていた。

あら？　楓用に用意した卓の上には文字の練習をした紙が置かれている。

ファルアベックと呼ばれる金国の文字の基本だ。

もしかして記憶したものを書き出すときに即座に書けるように練習しているのかな？

楓ったら、私のためにそんな努力もしてくれるなんて！　瞬間記憶だけでも十分ありがたいというのに！

「こちらが、昨日の本と金国の辞書になります。あと、朱国の植物図鑑もありましたのでこちらに用意しました」

くっ、どこまでもできる専用司書だわ！

「ありがとう、楓。楓がいてくれてよかった！」

思わず抱きしめちゃうっ。

「リ、鈴華様っ！」

焦った声が聞こえた。

コンコンコンとノックの音に、楓を開放する。誰？　大事な読書の時間に？

「鈴華様、カティアです。少しよろしいでしょうか？」

ほっ。苗子が呼びに来たわけじゃなかった。

「え、ええ、何かしら？」

入室の許可を取ると、カティアが私の前まで歩いてきて読もうとしていた本に視線を落とす。

「今日は金国の文字で書かれた本を読むことで間違いありませんか？」

「ええ、そうよ」

カティアは意を決したように、口を開いた。

「でしたら、私にお手伝いさせてください」

「手伝い？　読書の？」

どういうこと？

「金国の言葉でしたら、なんでもお答えできるかと思います」

と、カティアは辞書に視線を移動する。

そういうことか！　辞書の代わりにわからない単語の意味を教えてくれるってことね？

確かに辞書を引く時間が短縮されて読書のスピードが上がるかもしれない。

「じゃあ、お願いするわ」

一ページ目に早速わからない単語があり、指をさして確認する。

「ケモーネ、耕すという意味です」

ケモーネと金国の単語を発音してから意味を教えてくれる。

「バリューネ、畝《うね》を作るという意味です」

へー。ケモーネとバリューネ。

「この同じ文字が二つ並んでいるところは伸ばして発音するのね」

カティアが頷いた。単語を見て意味がわかればいいと思っていたけれど、こうして発音を聞くと新しい発見があって楽しいかも。

「カティア、ここなんだけど、赤子に手伝ってもらわないとって意味でしょ？　赤ちゃんまで働かせるってことはないよね？」

単語の意味はわかるけれど、伝えたいことがわからない。

「アブーナ、シュルハパッチ、モノル、猫の手も借りたいという意味です。金国では猫の手ではなく赤子にも手伝ってもらいたいと表現します」

へー、そうなんだ。知らなかった。

私、今までこういう慣用句はどこまで理解して読んでいたんだろう？　国によって言い回しが違う。単語さえわかればいいってもんじゃない。

「カティアっ！」

顔をあげてカティアの顔を見る。

「ありがとう！　これからも金国の本を読むときにいろいろ教えてくれる？」

カティアの手を取りお願いする。

「ええ、もちろんでございます。文字が読めるだけでなく発音を覚えて話せるようになれば、ますます仙皇帝妃へと近づきますし、作戦通りで……」

もちろんでございますのあと、口の中でもごもごと何かを言っているけれど、聞こえないよ。言いにくいこと？　教える代わりに何かお願いでもあるのかな？

「あの、鈴華様」

遠慮がちに楓が口を開く。

「辞書を用意してもらってもいいですか？」

「どうぞ、使って」

金国の言葉はカティアが教えてくれるので今日は必要ない。

「他の国の辞書もお願いします。私、辞書を記憶して、人間辞書になりますっ！」

楓の言葉に、ごーんと頭を打たれた。に、人間辞書ですってぇ？

「あの、もちろん、カティアさんのように聞けばすぐに答えられるわけではなくて、覚えた記憶から探さないといけないので辞書を引くのと同じくらいの時間はかかってしまうんですけど」

それは前にも聞いた。絵のように本のページを記憶するだけだから内容はその絵を思い出しながら読まないとわからないと。辞書も、丸っとすべて頭に複製を作るようなもので、複製を使って調べる作業は必要ってことだよね。

それでも、調べたいことがあるときに、すぐに調べる手段があるのってすごくない？

「楓ぇん！」

再びぎゅっと抱きしめたくなったけれど、卓を挟んだ向こう側にいるためそれは叶わず。ちぇ。

もう、ずっとずっと一緒に楓といられたらいいのにっ！　呂国に連れて帰りたい。

でも、ずっと仙山にいたら、山を下りると病《やまい》にかかりやすいって話を聞いたのについてきてなんて安易に言えないよ。……ならば、私がずっとここにいればいいのでは？

後宮って年齢制限あったんだっけ？　さすがに三十歳になったら出ていけとかあるのかな？

あとでレンジュに確認してみよう。

「楓、ありがとう。辞書はあとで用意してもらうね。でも無理しないでね？」

楓が首を横に振った。

「いくら記憶してもまるっきり文字が読めないままでは頼まれた本を探すことができません。鈴華様のように八か国すべての文字を読めるように、頑張りますっ」

「いや、だから、私は満足に読めないからね？　辞書を記憶してもらったらきっと楓に質問しまくるわよ？　あ、でも……後宮の使用人って、いろいろな国の出身者が混じっていたわよね？　カティアのように他の国の出身者に読書の時間に協力してもらおうかしら？」

うーんと首をかしげる。

「はい、もちろん、声をかけます。きっと皆、鈴華様が八か国語を堪能にお話しになるように協力は惜しまないと思います！」

「堪能に話せるようにはならないとは思うけれど、原文ですらすら本を読めるようになったら嬉しいわ。ぜひお願いね」

そもそも呂国でも社交をさぼっていたので、会話はうまくないから。堪能に話せるなんて、無理じゃない？　でもまぁ、文字じゃなく音として言葉が理解できれば、目が見えなくなっても本を朗読してもらえばいいんだもんね。老後の楽しみのために後宮にいる間にたくさん他国の言葉に触れよう。


金国の紅花の本を読み終わる。

「ねぇ、カティア、この紅花の話は知っていた？」

カティアが首を横に振る。後ろから一緒に本を読んでいたカティアに尋ねる。

「いいえ。知りませんでした。黄色から赤に変わる花の話も聞いたことがないので、栽培されているところはないのではないでしょうか」

「じゃあ、エカテリーナ様もご存じないわよね？」

明日の私が先生役の黒の宮でする勉強会は紅花の話をしよう。

次は何の本を読もうかなと思ったら、食事の時間になって苗子が図書室に呼びに来た。

もうっ、一食くらい抜いたって死にはしないのにぃ。本が読みたいよ！

「鈴華様、食事を抜いて本を読むようなことは許可するわけにはまいりません」

「え？　苗子、なんで私が一日食事抜きで本を読み続けたいと思ってることがわかったの？」

あきれた顔で私を見る苗子。

はっ。話題を変えよう。くわばらくわばら。

「ちょっとお願いがあるんだけど、金国からちょっと貰ってきてもらいたいものがあるの。たくさんはいらないいんだけど、もらえたら調理室に持って行って洗っておいてもらえる？」

苗子に頼むと、すぐに手配を始めてくれた。よし。ごまかせた。

昼食を食べ終わって、金国から届いたら明日持っていくお菓子の試作品を作ってもらって。

食後部屋に戻ってから天井を見る。

「レンジュ、レンジュ～！」

声をかけるけれど天井から降りてこない。

あれ？　おかしいな？

「レンジュー、おーい」

も一度天井に向かって呼びかけていると、苗子が部屋に入ってきた。

「レンジュに御用ですか？　呼んでまいりましょうか？」

「呼ぶ？　どこにいるか苗子は知ってるの？」

「仙皇帝宮にいるかと」

「え？　そうなの？　……って、そっか。行ったり来たりするんだっけか」

なんだか、いつも呼べば居たし、呼ばなくても居たから、呼んでも姿を見せないのって……。

ちょっと寂しい。

「鈴華様？」

家族以外の誰かに会えないことを寂しいと思うなんて、不思議な感じだ。

婚約者にだって、会えなくて寂しいと思ったことなんて一度だってなかったのに。

どうして、レンジュと会えないことが寂しいんだろう。ああ、違う。スカーレット様と会えなくなるのも寂しいし、エカテリーナ様と会えなくなるのも寂しい。

ここを出ていけば……。

「苗子……私、苗子のこと好きなの」

「え？　あ、えっと、鈴華様？」

苗子の顔を見る。苗子がとても動揺している。なんでよ。いつも苗子好きって言ってるよね？

あれ？　口には出してなかったっけ？

「私ね、こんな気持ちになったの初めてで……」

苗子の手を取る。

「リ、リ、鈴華様、そ、その、いくら、あの、私は男ではないとはいえ、あのっ」

ん？　男とか女とか関係ないよね？

「誰かと会えなくなるのを寂しく思い、別れるときを想像しただけで胸がギューッとなるの、初めてなの」

家族とはまた会えるし二度と会えない別れだなんて思わないけど……。

「えっと、あの、鈴華様？」

心配そうな苗子の声。あれ、変だな。涙が出てきた。

そのまま、苗子に抱き着いた。

「私、ここを出たら苗子ともお別れでしょう？　まだ、お別れじゃないのに。ここを出ていったらもう苗子に会えないんだと思ったら、悲しくなっちゃって……」

苗子の手が、私の背に回ってそっと抱きしめてくれる。大事な宝物を抱えるように優しい手だ。

「鈴華様……」

楓もそうだけど、一緒に呂国に行ってとは言えない。

そして、仙山には自由に出入りすることはできない。後宮を辞して次の姫に交代したら、もう二度と私はここに来ることができないだろう。一生の別れになるのだ。

「不思議ですね……」

苗子が静かな声で言葉を発する。

「何人もの姫様にお仕えいたしましたが、私も、鈴華様との別れを想像すると、いつも以上に別れが寂しく感じます……」

そんなこと言われたら、もっと悲しくなっちゃうよ。

別れたくないよ。二度と会えない別れなんていやだよ。

「馬鹿な子ほどかわいいといいますが……」

へ？

「手がかかって、教育しがいのある鈴華様が、愛《いと》おしいです」

苗子から体を離して顔を見る。

「わ、私、馬鹿だと思われた？」

苗子がくすっと笑った。それから、仙皇帝宮のある方へと視線を向ける。

「……あの場所で、鈴華様と共に過ごしたい」

仙皇帝宮で。

「苗子……仙皇帝宮にきっと行くわ」

「鈴華様」

苗子の手を取る。

「一緒に侍女になって働きましょう！」

「そっちじゃないっ！」

ぐっと手を握ると、すぐに否定された。な、なんでぇ～？

明日のためのお菓子の試作が完成したというので、試食用にと苗子が部屋に運んできた。

「せっかくなのでお茶にしましょう」

苗子がにこりと微笑み、卓の上に、竹で編まれた蓋つきの器を載せる。

茶器にお茶が注がれ、香ばしい香りがふわっと鼻に触れた。

「ああ、今日は黒豆茶なのね。本に書いてあったけれど、黒豆茶はイソフラボンという女性にとってとても良い効果のある成分が含まれているんですって。女性らしくなるとかなんとか。苗子も一緒に飲みましょう」

苗子がちょっと変な表情を見せる。

うっ、もしかして、胸が小さいのを遠回しに揶揄したと思われた？

「ち、違うの、別に女性らしさが足りないから苗子に飲ませようとかそういう意味ではっ」

苗子の表情がゆがむ。うわー！　口が滑ったぁ。

「ミヤ、苗子、嫌いにならないでね？」

ふっと苗子が笑う。

「本当に、鈴華様はかわいいですね」

かわいい？　言われ慣れない言葉に驚いている私を見て苗子が笑った。

って、待て待て。馬鹿な子ほどかわいいってあれだ。また、馬鹿って言われたようなものだ！

ぬぅ。うっかり喜んじゃうところだったわ。苗子め！

「早速いただきましょうか。改良点があればもう一度試作してもらわないといけないですので」

苗子が話題を変えるように卓の上に置かれた竹籠の蓋を取った。

「うわぁ！　かわいい！」

思った以上にかわいいお菓子が籠の中に入っていた。

もち米の饅頭やお団子なんだけど、とても美しい黄色。

「なんだ？　ずいぶん明るい色の食いもんだな」

ひょいっと私の後ろから手が伸びて、団子が目の前から消えた。

「なるほど、甘いもち米の菓子か。あっさりしているがうまいな」

振り返ると、レンジュが串を口にくわえている。

団子が食べられたっ！

「こっちはなんだ？」

抗議しようと思ったら、再び手が伸びて今度は饅頭が器から消える。

「レンジュっ！　それ、私のっ！」

レンジュが空いてる手で私の頭をぽんっと撫でた。いや、押さえつけた？　ん？

「わりぃ。まだあるんだろ？　苗子悪いが持ってきてくれ。あ、俺の分もよろしく！」

よろしくじゃないっ！　まだ食べる気なの？

恨めし気に睨みつけると、レンジュはテーブルを挟んで私の正面に腰かけた。

「そうふくれっ面するなよ、かわいい顔が台無しだぞ？」

レンジュが花の形をしたお菓子を持ち上げて私の口元に持ってくる。

「ほら、口開けろ」

言われなくたって、これは私のお菓子なんだからっ！

大きな口を開け、レンジュの持つもち米のお菓子にかぶりつく。

ふわっ。美味《おい》しい。

もちもちで、つぶしてないもち米なのでこのつぶつぶ感もたまらない。中にはこし餡《あん》が入っている。色付けに使ったものは、癖もなくて少しふわりと香ばしいような香りがするくらいで食べやすい。ふむふむ、これはいいわね。

もう一口、ぱくり。美味しい、美味しい。もう一口、ぱくり。

「お前は、俺の手まで食べるつもりか？」

あれ？　いつの間に？

つんっと鼻の頭をつつかれた。

「って、そもそもレンジュが私のお菓子を食べちゃうから、物足りなくなったんでしょ！」

鼻を押さえて抗議する。

「いや、でも手まで食べようとするなよっ」

がしっとレンジュの手を両手でつかむ。

「手で饅頭つかんで食べたら、最後は手についたのなめるわよね？　普通に、手に餡子とかきな粉とかついてるの、なめるわよね？　塩とか砂糖とか、なめるでしょ？」

レンジュが青ざめる。

「いや、普通か？　それ、普通か？　自分の手はなめることはあっても……いや、違う、姫だろ？　呂国の姫がお菓子をつまんだ手をなめるなんて……っていうか、そもそも手づかみで食べるなんて……」

ほら、やっぱり、顔を近づけてみれば、レンジュの手に餡子がっ！

「ちょ、苗子、助けてって、苗子がいないっ！」

ふふふー。苗子に助けを求めても無駄よ。

レンジュが自由なほうの手で私の頭を押しのける。

「あんまり、挑発するなっ！　っていうか、男の手をなめようとするなっ！」

挑発？

「あ、俺をなめるなよ！　って怒らせちゃうってこと？　……男の人ってなめた真似するなとかよく言うけど、そんなに人にお菓子食べさせる人多いの？」

「お、お前、それマジで言ってるのか？」

「あ、そうじゃないわ！　だいたいレンジュは男じゃないじゃないのっ！　宦官《かんがん》でしょ？　じゃ、問題ないじゃないっ！」

「鈴華、俺だってな、理性にも限界があるんだ。もてあそぶなよっ。助けてくれ、苗子〜！」

ドンっと、大量のもち米の生菓子がテーブルの上に現れた。

ぱっと、レンジュの手を離す。手についた餡子に未練はない。

「何をしてたんですか、一体……」

苗子があきれ顔をしている。

レンジュがいつの間にか、苗子の後ろに隠れた。だから、半分体が出てるって。

改めて三人でお茶を飲むことに。

「というわけでな、しばらく仙皇帝の仕事を手伝うことになったから今までのようにずっと居られなくなった」

……というわけでと前置きしたけど、その前に何も話をしてない。何がというわけなのか。

「だから、呼んでも来なかったのね」

レンジュが五つ目の饅頭を口に入れてにやりと笑った。

「呼んだのか、俺を。そんなに会いたかったか？」

「聞きたいことがあったのよ」

「……聞き流すのかよ、まあいい。聞きたいことってなんだ？」

レンジュが片肘をついた。

「仙皇帝宮って女人禁制でしょ？　女人禁制じゃなくなるのは仙皇帝妃が決まったらなのよね？」

レンジュがうんと頷く。

「まぁそうだな。女人禁制のままじゃ仙皇帝妃も入れないからな。結界は解かれる」

「え？　結界があるから女は入れないの？　じゃあ、結界が解かれた後は、女も出入り自由になるとか？」

レンジュが首を横に振った。

「いや、仙皇帝妃の身の回りの世話をする者、侍女や下働き、そうだな後々は乳母に子守りや教師……と必要に応じて女の身でも入ることはできるようになるぞ」

「うーん、侍女以外にもチャンスはあるのか……教師の座を目指してみるか？　いや、でもそもそも……仙皇帝様が結婚しなけりゃ全くチャンスはないよねぇ……」

レンジュが串に刺さった団子を手に取り私の顔の前に突き出した。

差し出されたら食べるよ。

パクリ。

「お前は本当に飽きないな。やっぱ、俺の嫁になれ。そうしたら結界は無効になる」

ん？

「それって、宦官の嫁は宦官と同じ立場になるってこと？　女だけど女じゃないみたいな？　そんなことあるの？　そこのところ詳《くわ》しくっ！」

テーブルの上に身を乗り出したら、レンジュが身を引いた。

「いや、そうじゃない。っていうか、嫁になるっていうなら教えてやる。俺の秘密を全部な。知りたいか？」

「レンジュの秘密？　……えーっと、別に知りたくは、ない、かな？」

ぶはっと、苗子が噴き出した。

「あはは、レンジュ、興味も持たれてないと……あははは、はは、鈴華様が何枚も上手で、くふふははは」

そうだ。苗子は笑い出したら止まらないタイプだった。

「で、聞きたいことはそれだけか？」

レンジュが大きなため息をついた。

「まだ聞きたいこと聞いてなかった！」

「は？　じゃあ何が聞きたいんだ？」

「後宮って、年齢制限あるの？　三十歳になったら出ていかなくちゃいけないとかさ」

レンジュが首をかしげた。

「そういやぁ、聞いたことがないな」

「じゃあ、年齢制限はないってことよね？　年取っておばあちゃんになっても、死ぬまで後宮にいてもいいってことよね？」

レンジュが苗子を見た。

「いや、後宮ってそんなところだっけ？」

「ってことは、仙皇帝様が結婚する気がなくてずっと妃を持たないほうが、私は居座れるってことでしょ？　これは、ぜひとも妃を選ばずにずっと独身を貫いてほしいっ！」

レンジュが再び苗子を見た。

「なぁ苗子、仙皇帝が後宮の姫に独身でいてほしいと望まれるなんてありえないよな？」

苗子があきれ顔をする。

「誰かさん……いえ、前仙皇帝陛下が五十年独身を貫いたので、同じように今回も結婚しないでほしいと思われることもあるのでは？　むしろ、誰かさん……前仙皇帝陛下が妃を持たなかった五十年に慣れてしまって、どこかの国が祝福されるよりはどの国も祝福されないままでかまわないと思われているかもしれませんね？」

「何を言っているんだ苗子。お前も知ってるだろう？　妃の出身国を優遇すればたちまち仙皇帝は牢獄行きだと。私利私欲で動けばすぐに罰が下る」

苗子とレンジュの会話に思わず声が漏れる。

「え？　仙皇帝様が牢獄行き？　どういうこと？」

しまったとばかりにレンジュが口を閉じた。

「いや、まぁ、あれだ。仙皇帝といえども、好き勝手はできないってことだ。ほら、例えば辞めたいときにすぐに辞められないのもその一つ」

「そっか、辞めるために前仙皇帝様は独身だったんだよね？　今は何をしてるんだろう」

レンジュがちょっと早口になった。

「さ、さぁな。案外仙皇帝にこき使われて、仙皇帝宮で仕事してるかもな。じゃ、俺は行く！」

レンジュが机の上にあった残りの饅頭や団子の乗った皿を持って天井裏へと姿を消す。

「マオにもあげてね！」

と声をかければ、すぐに返事があった。

「ああもちろん。と、用事があれば苗子に言って呼び出してくれ。もし、急を要することがあれば鈴を鳴らしてくれ」

鈴？　そういえばやたらとでかい鈴を渡されたっけ。どこにしまったか忘れちゃったよ。

苗子に頼めば呼んでもらえるならそれでいいかな？

……それよりも。

「ねぇ、苗子、今の話は黙っていなければならないわよね」

「え？　何をです？」

「仙皇帝妃を輩出した国が祝福を受けるわけじゃないということ……」

祝福を受ければ、国が豊かになり、国民が幸せに暮らせると信じて必死に仙皇帝妃を目指して努力していた人もいるのに。祝福なんてないなんて、そんなこと言えるわけがない。

国からのプレッシャーで壊れてしまいそうだったエカテリーナ様の心を思う。

スカーレット様の持っていた歴代朱国の姫たちの苦悩も……全部、意味がないものだったなんて、そんなの。

「鈴華様、先ほどのレンジュの話ですが……、仙皇帝陛下が私利私欲で動くことがない……つまり妃の国を特別扱いすることはないというのは真実ですが、またもう一つの真実もあります」

もう一つの真実？

「仙皇帝陛下と皇帝妃殿下が親しければたくさんの話をなさいます。当然、出身国の話もするでしょう。妃は国に残した家族や友人の手紙のやり取りもするでしょう。手紙の内容を陛下に伝えることもあるでしょう。何とかしてくれと妃が求めずとも、問題があれば対応しなければならないのが陛下です。他の国よりも知る機会が多くなるため自ずと対応が早くなる、そのため大事に至る前に対策が取られる」

「それって、優遇することはないけれど……寵愛《ちょうあい》を受けると、会話が増えて結果的に国の助けになるってこと？」

苗子が頷いた。

「人々はそれを寵愛を受ければ国が祝福されると言ったのでしょう」

ほっと、息を吐き出す。苗子の言うことが本当であれば、妃になることも、妃になろうと努力することも無駄じゃなかったってわかるから。

「ですが、逆もあります。国のことを顧みず、自らの快楽にのみおぼれる妃であれば」

苗子の言葉の先を私は口にした。

「なるほど！　仙皇帝様の怒りを買うと国が亡ぶというような話につながるのね。妃が愚かでは国のためにならず祝福が得られないから……」

ん？　待てよ？

「ねぇ、苗子、そう考えたら、若くてかわいい姫よりも、賢くてある程度の年齢の姫とかのほうが妃にふさわしかったりしない？」

首をかしげる。

「仙皇帝様にも女性の好みがありますので、一概にどうとは言えませんが……」

苗子がふふふと笑う。

「賢くてある程度の年齢の姫が妃になればと私も思っております。ええ、ぜひ、妃になられるのを楽しみにしております」

苗子はまるで具体的に誰かのことを思い浮かべているような様子だ。

「あ！　スカーレット様ね！　賢いし、ある程度の年齢だし、それに国のこともちゃんと考えて、家族思いだから、完璧じゃない？」

「は？」

「そっかぁ、苗子はスカーレット様が妃になればいいと思ってたのね！」

「違っ」

「一緒に応援しましょう！　あ、それで、私と苗子を侍女として連れてってって頼もう？」

「鈴華様っ、誤解して」

苗子の手を取る。

「一緒に仙皇帝宮に行けば、ずっと苗子と一緒にいられるんだね、嬉しいっ。大好きな苗子と一緒にいられるなんて、夢みたいっ」

苗子が顔を赤くした。

「私の身では、仙皇帝宮で侍女としては働けません」

「え？　なんで？」

「鈴華様が妃になり私を望んでくだされば……いえ、なんでもございません。失礼いたします」

苗子が、綺麗なお辞儀をして部屋を出ていった。

どういうことだろう？　侍女として働けない？　苗子の身では？

「身分？　仙皇帝妃の侍女は高位貴族の出じゃないとだめとか？　私が妃になって望めば？」

いや、私が妃になることは万に一つもない。

夜、寝台に横になって天井を見上げる。

「レンジュ……」

小さな声で名前を読んでみるけど、天井にレンジュの気配は感じない。

……呼べばいつでも会えたのに。これからは、あまり会えないのか。

いくら、仙皇帝宮から呼んでもらうことができると言っても、仙皇帝様の仕事の手伝いをすると言っていた。ちょっとしたことで呼ぶわけにはいかないだろう。

「苗子……」

私がここを出れば……呂国に帰るにしろ、仙皇帝宮にスカーレット様の侍女でいけるようになるにしろ、お別れなのか。

料理長もカティアも楓も……黒の宮のみんなと……。

「やだなぁ……みんな一緒にいたいなぁ」

もやもやと胸の中がかき回される。

眠れなくて、月明りを頼りに交換日記に気持ちを書き綴った。

『マオへ
レンジュは仙皇帝陛下の仕事の手伝いを始めたみたいなの。会えなくなって改めて気が付いたんだけど、私レンジュのことが好きなんだって。会えなくなって寂しいって。

それでね、いろいろ考えちゃって……。どうしたら、一緒にいられるかなって。

でね、やっぱり私、ずっと後宮にいようかなと思って。年齢制限ないらしいから。

追い出されるとしたら、仙皇帝妃が決まったときでしょ？　だから、このままずっと仙皇帝陛下には結婚しないでいてもらいたいなぁ。そうしたら、私はずっと後宮に居座れる！

後宮にいる限り、頻繁ではないにしてもレンジュには会えるよね。

それに、苗子とも一緒にいられるし、他の黒の宮で働く人とも別れずに済む。

本当に、私、レンジュも苗子も料理長も楓もみんなみんな大好きになってたって気が付いたの。

もちろんマオのことも大好き。

マオと会って話がしたいけれど、こうして交換日記で話ができるから、寂しくはないよ。

いつも日記が楽しみなの。でも、いつかは堂々と一緒にお茶をのんだりできたらいいのにな。』

次の日は朝から忙しかった。黒の宮での初めてのお茶会だ。

交換日記を置きに行って、朝ごはんを食べて、出すお菓子の最終チェックして、苗子のお茶会でのマナーレッスンして、それから侍女になったときのための服の選び方講座を受けつつの着替え。

それから、部屋の最終チェック。

調度品は大丈夫なのか、用意する茶器などに問題はないか。席の並びは大丈夫なのか。

くおお、たった二人招くだけだというのに、とても大変！

席には上座や下座があるんだけど、これが国によって違うのは本で読んだから知ってる。

けど、実際は知っていればどうにでもなるものじゃなかったのだ。日が当たるか当たらないかとかも重要だったり、後宮の配置も考慮しなくてはならなかったり……。


と、そうこうしながら何とか準備を整え、約束の時間ぴったりに二人がやってきた。

「ふふ、今日はとても楽しみでしたの」

「よくおいでくださいましたスカーレット様」

「そんなにかしこまらなくてもぉ、大丈夫よぉ」

エカテリーナ様の言葉に緊張がほぐれる。

「こちらへどうぞ」

準備した部屋へと案内する。

「じゃあ、えっと、今日は私が先生役で、雑学を披露するということだったんで、用意したものがあるんです」

と合図を出すと竹で編んだ蓋つきの器が、運ばれてきた。それぞれの前に置かれる。

「まぁ、何かしらぁ？」

蓋を取ると、中にはもち米でできた甘いお菓子が並んでいる。

「まぁ、綺麗だわ！　とても鮮やかな黄色をしているのねぇ。金国の色だわぁ」

うんと頷いた。

「金国の色でもあり、朱国の色でもあるんです！」

エカテリーナ様が喜んでくれたのでどや顔をして見せる。

「朱国の色？　どう見ても黄色よね？　中にイチゴでも入れてあるのかしら？」

いいえと、首を横に振る。そして私は自分の前に置かれた竹の器の蓋を開けた。

二人に出した物には、団子が二つ刺さった串が二本入っているだけだけれど、私の器の中には花が添えられている。

それを手に取り二人に見せた。

「紅花？」

スカーレット様はすぐに何かわかったようだ。

「はい、そうなんです。紅花です。実はこの団子の黄色は、紅花の花で色付けたものです」

「まぁ、そうなのぉ？　紅花って、紅色の染色に使われる花ではないのぉ？」

スカーレット様が頷いて教えてくれる。

「紅花は、染色に使われます。私が今着ているドレスも紅花により染色されたものです」

スカーレット様は、鮮やかな真っ赤なドレスを着ている。

「ずいぶん高そうですよね？」

値段の話をするのはマナー違反なので、みんなが息をのむ音が聞こえてきた。

「あ、いくらしたとかそういう下世話な話がしたいわけじゃなくて。本に書いてあったんです。鮮やかな赤色に染めるためには、布の量の何十倍もの紅花を使って、何度も染めていかなければならないって。紅花が貴重な上に手間もかかるって書いてあって……」

スカーレット様がうんと頷いた。

「そうなの。紅花で染めた布は朱国ではとても人気があるのだけれどここまで赤く染めるには大変だと聞いているわ」

そう言って、スカーレット様はポケットからハンカチを取り出した。

「色の違いがわかるかしら？」

ハンカチも赤いけれど、スカーレット様のドレスと比較してしまうと少し日に焼けて色が落ちたような色に見える。呂国の黒も黒の深さで格が違ってくるけれど、それと同じなのだろう。

「実際見ると、違うものですねぇ」

「赤いドレスで集まると、値段の違いがすぐにわかってしまうから困ったものよ。他の色の服を身に着ければいいけれど、ドレスコードが赤なんていじわるなお茶会を催す者もいて……」

エカテリーナ様がその話を聞いておかしそうに笑う。

「あらまぁ、どこの国でもあるのねぇ。女同士のマウントの取り合いってぇ。ドレスの色の違いで格の違いを見せつけるんですの？」

スカーレット様がふぅとため息をつく。

「高位貴族はより深みのある赤いドレスを着るために散財し、領地を荒らすことがあるほどよ。下位貴族は下手《へた》に赤すぎるドレスを着てしまえば生意気だといじめられたりもするのよ」

う、うわ、怖っ。

「もう少し紅花が採れるようになればいいのだけれど。なかなか栽培が難しいみたいで……」

スカーレット様の言葉を聞いてエカテリーナ様が首をかしげた。

「栽培が難しいのですか？　いただいた紅花は金の宮の庭で問題なく育っているようですけどぉ、何か注意点とかあったんですかぁ？」

「そういえば、そうだったわ。栽培が難しいのをすっかり頭から抜けていたわ……。紅花は黄色い花でもあるからと、それだけで贈ってしまって……ごめんなさい。もし枯らしてしまっても気にしないでと、庭師には伝えてもらえる？」

あれ？　おかしいな……。

「私が読んだ紅花に関する本には、育てにくいなんて書いてなかったと思います」

スカーレット様が首をかしげた。

「そんなはずはないわ。紅花の需要は高いので積極的に栽培しようという者も多いけれどなかなか収穫が増えない状態ですから」

ポンっと手を打つ。

「あ、もしかしたら、土が違うから、金国では栽培しやすいのかもしれませんね」

後宮の中庭は土の色を見れば、どこから別の宮の庭に入ったのかわかるほど違う。

金国の土は光の加減で金に光っているように見えるくらい黄色っぽい。

朱国の土は、赤っぽい。レンガを作るのに適した土らしい。呂国は黒っぽい土。栄養がたっぷりの自慢の土だ。

「栽培しやすい土？　金国では栽培しやすいというのは本当なの？」

スカーレット様がエカテリーナ様を見た。

「聞いたことがないですぅ。紅花も初めて見ましたし。鈴華様は何の本を読んだんですかぁ？」

「苗子、楓に持ってきてもらうように伝えてもらえる？　紅花の金国の本と言えばわかるから」

私の言葉に、スカーレット様が尋ねた。

「金国の本？　紅花に関するものがあるの？」

「はい。まぁ、本というよりは個人の日記のようなものでしたけど……。朱国で紅花で染めた布が高く売れると知った人が、一攫千金を狙って紅花染めに挑戦した記録」

というか、もしかしたら本当に日記なのかもしれない。

仙皇帝宮の地下図書館には、世界中のあらゆる本があると言っていた。

……個人の日記も、その個人の手を離れると本として地下図書館に入るの？　……読む立場からすれば嬉しいけど、書いた人からすると……。うん、深く考えないようにしよう。

「え？　紅花染めを？　方法は秘匿されているけれど……紅花染めができるようになったの？」

スカーレット様が少し青ざめた。

「いいえ。結局やり方がわからないまま十年が過ぎて諦めたみたいです」

と、そこまで話をしたところで楓が本を持ってきてくれた。

「ほら、この本です」

パラパラとめくっていく。

「なんて書いてあるの？」

スカーレット様が身を乗り出して本を覗き込んだが、金国の文字で書かれているため読めないようだ。

「これ、二百年ほど前の本なので、紅花染めには成功しないままだったみたいですし、誰かが研究を引き継いだということも書かれてません」

パラパラとページをめくって最後のページを指し示す。エカテリーナ様が目を通して頷く。

「あら……なるほどですわねぇ。金国は二百年前も食べる物に困るような国だったんですねぇ……。花なんて作るなと、畑があるなら穀物を作れと命じられたとありますねぇ……それで一攫千金の夢は諦めたんですねぇ」

スカーレット様がほっと胸を撫でおろす。

「よかった。秘伝の紅花染めの方法が秘伝でなくなってしまったら、それで生計を立てている者たちが困るところでした」

　スカーレット様の言葉に笑みが漏れる。

「国民の生活を考えてるスカーレット様好き」

　スカーレット様のほほが染まる。

「と、当然でしょ！　王家に生まれた者は国民の生活を考えるのが当たり前でしょ！」

　そうだよね。……私は本を読むことばかり考えていた。そう考えたらひどい姫だ。

恥ずかしい。きっと、スカーレット様のような人が仙皇帝妃にふさわしいんだろうな。ますます応援したくなる。

「それで、この本に紅花の栽培についてぇ、いろいろ書いてあったのねぇ？」

「あ、はい……。いえ、そうじゃないですね。栽培に関してはほとんど何も書かれてないんですよ。つまりそれって、なかなか芽が出ないとか枯れてしまったとか、今年は収穫が半分以下だとかそういうことが何も起きなかったっていうことじゃないですか？」

　エカテリーナ様がなるほどと本を見た。

「十年で栽培の苦労話がなかったということはぁ、そういうことかもしれませんわねぇ」

「書いてあるのは、染める実験を繰り返していることなんですよ。花を乾燥させたり、つぶしたり、粉にしたり、何日も茹でたり、いろいろとしてみたそうなんですけど、黄色に染まってしまうって。赤い花を使っても黄色くなって赤くならないと、何度も嘆いてました」

人の失敗を笑ってはいけないけれど、その様子が実に面白可笑しく書かれていた。

「黄色？　それなら黄色い染め物に使えるということ？」

「いえ、それが、黄色には染まるけれどすぐに色が抜けてしまって染め物としては使えなかったそうなんですよ。色を定着する方法もいくつか試してみたものの、途中でそこまでの手間をかけても、他に黄色く染める方法はたくさんあり金にならないと気が付いて、赤色に染める研究に戻るんですよ。本当に、面白いですよ」

スカーレット様が真剣な声音でエカテリーナ様に尋ねる。

「金国で紅花を栽培してもらうことはできないかしら？　赤の道が出来て流通が盛んになれば、輸送にかかる費用を差し引いてもお互いの国に益があるかもしれません」

エカテリーナ様がうーんと眉根を寄せた。

「食糧の作付面積を減らして紅花栽培に切り替えるのは、難しいと思うわぁ。いくら、食糧を輸入できるようになるからといってもぉ、国で作る食糧を減らすわけには」

そうだよねぇ。

もし、他の国に頼り切りになってしまったら、その他の国が凶作だったときに、一番初めに飢えるのは食糧を輸入に頼り切っていた国だ。他国に回す余裕があればこその輸出なのだから。

うーん、せっかく金国と朱国が互いにメリットがある取引が出来そうなのに、食糧問題かぁ。

「あ、でも待って、これこれ、見て」

本を持ち上げて、記憶を頼りにパラパラとめくる。

「ほら、ここ。研究を始めて三年目。資金が底をつき、食うに困り始めてからの記録」

エカテリーナ様が目で文字を追い出した。

「え？　お腹がすきすぎて、紅花を食べたの？」

「はい。紅花って食べられるらしいです。毒もないってこの本のおかげで知ることができたんですよ！　黄色く染まることも」

スカーレット様が黄色く色づけたもち米で作った団子に視線を向けた。

「ああ、これ……紅花で色を付けたと言っていましたわね」

「はい。今回は、色付けに使っただけですけど、その本によると、花も葉も食べられるそうなんですよ。しかも、食うに困って紅花ばかり食べていたのに健康だったっていうんで、栄養もあるんでしょうね。味に関しては何も書いてなかったので、食べてみないとわからないんですけど」

どんな味なんだろう。

とりあえず、色付けに使ったお菓子は、不快感を感じる臭いも味もしない。というか、紅花の臭いや味はどんなの？　という特徴的なものをあまり感じない。味もあっさりしているのかもしれない。

「食べられて……栄養もあり、育てやすく……、紅花染めの原料になり……」

エカテリーナ様が小刻みに震える手で本のページをめくっている。

「あ、そうだ！　種からは油がとれるらしいんです！　菜種油やごま油みたいに！　種ができたら、少し分けてもらえないですか？」

スカーレット様でもエカテリーナ様でもどちらでもいいんでと言おうとしたら、エカテリーナ様が勢いよく椅子から立ち上がった。

「スカーレット様！　金国で紅花の栽培することになったら、紅花染めの材料となる部分……花なのか種なのか根なのか葉なのかわかりませんが、朱国で買い取っていただけますか？　お値段などの詳細は相談するということで」

スカーレット様が優雅に立ち上がった。

「ええ、もちろんですわ。朱国の土が紅花栽培に適していないというのが本当であれば、増産しようとしてもあまり期待できないということですから。栽培に適した金国から輸入できるのであれば願ったり叶ったりですわ。国内で消費できない紅花染めの布は他国に売ることもできるでしょうし」

「ほ、ほしいです！　紅花染めの鮮やかな赤い布！」

はいっと手をあげる。

呂国では赤は魔除けの色とされている。祭事に、鮮やかな赤い布は欠かせないのだ。

私の言葉に、スカーレット様が大きく頷いた。

「エカテリーナ様、早速父に手紙を書きますわ」

「まだ、どうなるかわかりませんが、私も父に手紙を出しますわねぇ。それからぁ、早速本当に食べられるのか、油がとれるのか、実験してみようかと思いますの。乾燥して保存しても食糧となるのかなど、試してみなければならないことはたくさんありますわぁ」

エカテリーナ様が、私を見た。

「この本、お借りしてもよろしいですかぁ?」

「えっと、その本は仙皇帝陛下よりお借りしたものなので……写本をすぐに作らせ、それをお届けしましょうか?」

本の又貸しはだめ。借りたものを返すまでは私に全責任がある。

「いいんですか?」

うんと頷くと、エカテリーナ様が私の手を取った。

「ありがとうございますぅ、鈴華様……。鈴華様のおかげで、新しい産業を興すことができるかもしれませんわぁ」

深々とエカテリーナ様が頭を下げる。

「え? あの、私のおかげとかじゃないですよ、紅花をエカテリーナ様に贈ったのはスカーレット様ですし、このお菓子を作るために紅花の花をくださったのはエカテリーナ様でしょう? それに、えっと……」

スカーレット様とエカテリーナ様が私に感謝しているのがわかる。

感謝されて嬉しい。私が本で得た知識が役に立つのが嬉しい。本の妖怪……悪い妖怪じゃなくて人の役に立つ妖怪になれそうだ。

でもね、でも、良い妖怪になれるのは……。

「私のほうこそ、二人には感謝しかないです。こうして、私の話を聞く時間を作ってくださったのが、本当に嬉しくて。確かに本を読むのはとても楽しくて大好きなんですけど……」

ここ数日のことを思い返してみる。

「何を話そうかなと考えて、二人が退屈しない話って何だろうと本を探して、楽しんでもらえるかなって不安になったり、楽しんでもらえたら嬉しいなって期待したり……。本を読みながらも、ここの話をしようとか考えながら読むとまた違った楽しみがあって……」

どうしよう。胸にぎゅっと何かが込み上げてきた。

本の妖怪。それは決して褒め言葉なんかじゃなかった。

本ばかり読んで何の役に立つのか。もっと姫としてするべきことがあるだろう。話が合わないからお友達にはなれない。不気味な女なんだから婚約は続けられない。何が楽しいのか。変わり者。変人。家族がかわいそう。婚約者がかわいそう。近づきたくない。いないほうがいい――。

本当は、本を読むことに少し罪悪感を覚えることもあった。ごめんなさいって気持ちと、人と関わりたくないという逃げる気持ちと……。いろいろ考えることを放棄して、本を読んでいた。

私は悪い子だ。自分のことしか考えられないのだから。役立たずというのも本当のことで。

「私……私……」

ボロボロと涙が落ちる。

「鈴華、ちょっと何泣いてるのっ！」

スカーレット様が、先ほど見せてくれた赤いハンカチで私の涙をぬぐった。

「私ぃ……本を読んでばかりで、役立たずでできそこないの……姫でぇ……そんな私が、誰かの、役に……役に立てたって思ったら……私……ひふっ」

止まらない。涙が。

二人への感謝の言葉を伝えたいのに、言葉がうまく出てこない。

伸びてきた手にぎゅっと抱きしめられた。柔らかくて暖かい。

「私もよぉ……。仙皇帝妃になれと言われたけど、仙皇帝妃になれそうもなかったからぁ……役立たずだと言われてたのよぉ……だけれどぉ二人のおかげで……朱国の協力で赤の道が通ることになってぇ、呂国から食糧の輸入ができるようになってぇ……そのきっかけを私が国にもたらしたってことでぇ……。役に立てた……そのことがぁ、どれほど嬉しかったことか……」

「エカテリーナ様……わ、私、あの……」

私と、私を抱きしめるエカテリーナ様ごとスカーレット様が抱きしめる。

「ああ！　もうっ！　私だってそうだから！　妹がここに来ることを先延ばしにするくらいしかできなくて、ふがいない姉だとずっと思ってたんだよ。せめて仙皇帝様がどのような人なのかの情報を持って帰れたらとか、仙皇帝妃になりそうなのは誰なのかとか調べたりとかしたかったけどそれもできず。国のために何もできない役立たずだと思ってたんだから！」

え？　私だけじゃないの？

「でも、もうそれは過去の話。私はね、目標ができたの。国……朱国はもちろんのこと、八彩国すべてのために出来ることをしようって。仙皇帝妃を支えられる人になろうって。一年よ、私が後宮に残る一年の間に、必ず何かしらの成果を出そうと思っているの！」

仙皇帝妃を支える人？

「スカーレット様も、仙皇帝妃の侍女を目指すってこと？　じゃあ、仲間になるのね！」

「いいえ、仲間にはならない」

すぐに否定された。なんで？

「ねぇ、鈴華、私は仙皇帝妃の侍女として合格かしら？」

「も、もちろんよっ！　スカーレット様が侍女だったら絶対幸せよ？」

スカーレット様が、なぜか苗子を見た。

「負けませんわよ？」

あれ？　苗子は仙皇帝妃の侍女にはなれないって言ってたけど？　スカーレット様はそれを知らないから、仙皇帝妃の侍女を争うライバルだと思ったのかな？

「いいえ、勝負するつもりはありません。むしろ、協力できればと思っております。仙皇帝妃誕生を心から願っておりますので」

苗子の言葉に、スカーレット様がぽんっと手を打った。

「ええ、手を組ませていただきたいわ。相談する時間はあるかしら？」

「はい。ぜひお願いいたします」

なぜかスカーレット様と苗子が仲良く話を始めた。

え？　待って、なんで？

「わ、私は？　私は仙皇帝妃の侍女になろう仲間には入れてもらえないの？」

苗子とスカーレット様が顔を見合わせた。

「寂しい？　だったら、一緒に仙皇帝宮に行けるように鈴華も頑張ってくれるよね？」

「うん、頑張る！　苗子とスカーレット様と一緒に仙皇帝宮に行くためなら頑張るよ！　私は何をすればいいの？　やっぱり侍女が無理なら下働き？　何だってするから！」

苗子が口の端をあげた。

「何だって、ですか？　その言葉に二言はございませんか？」

「もちろんよ。だって、後宮で働いている下働きの者たちの待遇を見る限り、仙皇帝宮でもひどい扱いはされないでしょう？　私、庭仕事で土をいじるのも、洗濯も嫌いじゃないのよ？　あ、実際にしたことはないけれど……。本には国によって洗濯方法が違うのだけど、灰汁を使う国もあればムクロジという植物を使う国もあるし、高価な石鹸を洗濯に使う国もあるんですって。それに、足で踏むとか、振り回して石にぶつけるとか洗濯用の板を使うとか、本当にいろいろなの。どの洗濯方法が一番きれいになるか試してみたら楽しそうでしょう？」

洗濯の方法をいろいろ試すのは許してもらえるだろうか？

「うふぅ、ふふふぅ」

突然エカテリーナ様が笑いだした。

「洗濯の方法はぁ、きっとどの国の王族もぉ貴族もぉ誰も気にしたことなんてないわよねぇ」

しまった。変わり者の片鱗を見せてしまった。

「ですから、一番どの方法が綺麗になるかなんてぇ、考える人もいなかったでしょうねぇ」

実際に洗濯する人は、日々疑問にも思わず洗濯をする。洗濯をしない人はそもそも洗濯について考えることもない。そう考えると、洗濯について木に書いた人も変わり者なのかもしれない。

庶民の生活に興味を持った貴族が観察して記録を取った本だったかな。

「けれどぉ、もし、今までより早く安価に綺麗にする方法が見つかったとしたらぁ、洗濯にかける時間が短くなるでしょうねぇ、その浮いた時間に新しく別のことができるようになるのだからぁ、生産性が上がるわねぇ」

へ？

「なるほど。たとえ一日四半刻だとしても、その時間を別のことに使えるのであれば十日で二刻半。二刻半あれば、何ができるようになるだろうなぁ……」

スカーレット様の言葉に、反射的に答えてしまった。

「読書！」

スカーレット様とエカテリーナ様と苗子の冷たい視線が刺さる。

「例えば、刺繍を刺せますわよね？」

刺繍は、嫌だなって気持ちが表情に出たのだろうか。苗子がはぁと小さくため息をついた。

「庶民であれば刺繍入りのハンカチ一枚でも作ればお小遣い稼ぎになるでしょうね。洗濯の時間が少し短くなるだけでも、生活が少し潤うかもしれませんね」

庶民であれば？　そもそもの前提が、洗濯をする立場の人だった。

そっか。洗濯する時間が短くなればその分、内職ができるし、勉強ができるし、遊ぶこともできるんだ。

◆◆　◆◆　◆◆　◆◆

「どの国のどの洗濯の方法が一番早くきれいになるのか……か」

報告書を見ながら碧国の羊毛で作られたクッション性に優れた椅子に体を沈める。

「なんですか、レンジュ兄さん？」

マオが執務の手を止めて俺を見た。

「ここではレンジュって呼ばなくてもいいと言ったよなバオ。ああ、お前も……お茶だ。休憩をとれ、せっかく俺が仕事を手伝ってるんだ。もうちょっと休め」

補佐官の一人にお茶の準備を頼む。

「そうだな、番茶を頼む。あの菓子が届いただろう？」

マオは……ああ、そういえば俺も最近はマオと呼ぶことが増えたなと苦笑する。マオ……猫。俺にとってはかわいい弟だからなぁ。バオ……豹というよりよほど合っていると思う。

マオは、素直にペンを置くと向かいの椅子に腰を下ろした。

すぐに、卓の上に湯飲みに入った番茶と、お菓子を載せた皿が運ばれてくる。

「これは？　色からすると金国のお菓子ですか？　形は呂国か藤国《とうこく》のお菓子に似てますが……」

マオの問いにレンジュが頷いた。

「呂国の菓子だ。いや、正確には鈴華が考えた新しい菓子だ」

鈴華の名前が出た途端に、マオの表情が和らいだ。

弟はどうやら本当に鈴華のことが好きなようだ。……応援してやりたいという兄心と、誰にも渡したくないという我欲に心が揺れる。

結局……大事なのは、鈴華の心だ。応援することも諦めることも奪うことも何もするつもりはない。今のところ、鈴華はまるっきり俺もマオも恋愛対象として見てないからな。だが……。

大きなため息が漏れる。

人の命は短い。時が止まる仙皇帝宮に長くいると時折そのことを忘れそうになる。

鈴華は必要な人間だ。それは間違いない。

「報告書にある。その黄色は紅花の色だそうだ」

マオが団子が二つ刺さった串を持ち上げる。

「この鮮やかな黄色が、紅花の色ですか？　紅花は確か朱国で鮮やかな赤い染め物の原料となる花ですよね？」

団子を口に運ぶ。

甘い味がつけられた黄色いもち米の、中に餡が入っている。これは胡麻《ごま》餡だな。他に栗餡と小豆餡がある。食べてみるまでわからないところは改善の余地があると鈴華に伝えてみるか。

それともわざとか？　鈴華ならば「食べてみるまでわからないのって楽しいでしょ？　本だって読むまで内容がわからないのが楽しみなんじゃない！　推理小説で犯人が初めからわかっていたらつまらないわよね？」と、わからない理屈で言い返されそうだな。

鈴華の反応を想像して思わず笑ってしまう。

「兄さん？　なんで笑うんですか？　もしかして僕は間違ったこと言った？　需要が多いのに反して紅花の栽培が難しくいつの時代でも紅花染めの最高級品は布の宝石と謳《うた》われるものですよね？　紅花をめぐってたびたび争いも起きているという……朱国では他国への輸出品にしたいと思っているけれど紅花の増産がうまくいかない、でしたっけ。確か兄さんの時代にも紅花栽培への祝福を求める嘆願書が届いてたんだっけ？」

苦笑しながらマオに答える。

「いや、何度かわからない。初めの二回以降は補佐官に同じ内容のものをはじいてもらっていたからな。もしかしたら毎年届いていたのかもしれないし、代替わりして終わったかもしれないし、よくわからん」

「まぁ、そうですよね。祝福と言われても、そんな都合のいい力はありませんしね」

マオの言葉に、改めて鈴華のすごさに身震いする。

「そうだ、何代もの仙皇帝がなしえなかった紅花の増産だが、何とかなるかもしれない」

鈴華に関する本日の報告書をマオに手渡す。

「土壌の違い？　金国が紅花の栽培に適している？　食糧にもなり油も作れ……花は朱国に売ることができるとなれば、食糧問題を抱えている金国が紅花の栽培を拒む理由はなくなりますね」

「そう、朱国も紅花染めの方法は独占しているのだから、紅花が手に入れば布の宝石を他国に売ることで損にはならないだろう。今までのような無用な争いがなくなり、価格も今よりは安定するのであれば悪い話ではないはずだ」

マオが驚きに半開きになっている口元に手を当てた。

「いったい、鈴華はどうしてそのことを……」

椅子の背もたれに体重を預ける。

「鈴華だからだ……。ろくに流通していない個人の日記のような二百年ほど前の金国の本を読んで知ったらしい」

興味を持ったら本を読む。本を読んで実物で確かめたくなる。そしてまた本を読む。それが、役に立つとか立たないとかは関係ない。ただ、興味があるから本を読む。鈴華だから。

「紅花の花を金国の中庭で見て興味を持ったらしい。食べられるのかと早速試して出来上がったのがその団子だ」

串を持ち上げ、団子を口に運ぶ。

「そして、金国の姫と朱国の姫に披露して話をまとめてしまった」

マオがなんと言っていいのかわからない表情を浮かべている。

そうだろう。何百年と……いや、下手をしたらもっと長い間、仙皇帝でもどうにもできなかった問題解決の糸口を鈴華が見つけたのだ。

「鈴華は……すごいね」

マオの言葉に同意する。

「そうだな。鈴華はすごい……一緒にいて飽きない、初めはそれだけでも手に入れたいと思った。だが、鈴華の価値はそれだけじゃない」

マオがやっと少し落ち着いたのか、はぁと息を吐き出した。

「洗濯の話も、鈴華ならでは」

「貴族も王族も洗濯の仕方すら知らないのが普通だからな。洗濯に関して仙皇帝宮で議題にあげた者など過去に一人もいないだろうな」

もちろん、下働きの者たちの間では会話に出てくるかもしれないが、改革しようと意見を述べた者などいないだろう。

「鈴華の話から、役立つことだと気が付く朱国の姫と金国の姫も得難い存在ではある」

「そうだね。鈴華の話を、そうなんだと聞くだけで終わる者も多いはず。だけど、やっぱり鈴華がすごいんだ。いくら本が好きだからって、どうしたって読む本に偏りが出るだろうし、それに……自国の本を読むだけで満足しそうなところ」

マオもやはり気が付いたか。

「そうだな。あいつはまさに本の妖怪だ。独学で八つの国の本が辞書を使いながらとしてもすべて読めるなど……人の何倍も生きている仙皇帝宮に仕える者にも何人いるか……」

共通言語を使えばお互いに不便がないため、他国の言葉をそこまで身につけようという者は少ない。せいぜい三つか四つだ。重要だと思われる本は、共通言語に翻訳されたものがある。それだけでも本の量は膨大だ。

翻訳されていない……つまりは取るに足りない本だと判断されたものを読もうとする者がどれほどいるのか。他国の言語の個人の日記を読もうとする者がいるのか。

洗濯の方法を知るために、八か国の本を読んで比較する者がいるだろうか。文字が読める階級、複数言語が読める階級の者は洗濯などしない。

特異な人間なのだ鈴華は。

「鈴華は仙皇帝宮に必要な人間だ。仙皇帝を支える、いや、世界を救うことができる……かもしれない」

なぜか、言い切ることができなかった。鈴華は良くも悪くも予想ができない。

好きに生きていれば知らない間に世界を救っているような気もするし、世界を救ってくれと言われて空回りして何もなしえないような気もする。

「僕は……必要だからと、仙皇帝妃にふさわしいからと……利用するような真似はしたくない」

マオが顔をゆがめた。

そうだな。自由を奪われ、鈴華の良さが消えてしまうこともある。

「利用……か。確かにその一面はあるが、取引であればどうだ？　鈴華ならば、本を好きなだけ読めると条件を出せば利用されているなんて思わないだろう。ウィンウィンの持ちつ持たれつの三方良し、あー、碧の国ではギブアンドテイクって言うんでしょって言うんじゃないか？」

俺の言葉に、マオがちょっと笑った。

「相互利益よ共存共栄かしらと言うかも？」

マオは一瞬明るい表情を見せたものの、すぐに表情を曇らせた。

「……でも……」

全く。人の人生の何倍も生きているというのに、心だけは成長してないんだよな、見た目のまだ。そこがかわいいっちゃかわいいんだが。

ぐりぐりと頭を撫でる。

「好きになってもらいたいなら、時間をかけるしかないだろ、鈴華だぞ？　恋だの愛だのを理解するまで何年かかると思う？　俺は、長期戦を覚悟してるぞ？」

励まし半分、挑発半分の言葉を口にする。

「……長期戦か。でも……すぐに次の姫に入れ替わるよね」

挑発に乗りやしないな。後ろ向きなことばかり言っている。

「鈴華は必要な人間だろ？　いくらだってやりようがある。仙皇帝宮に来さえすれば、年は取らないのだから、十年でも百年でも口説き続ければいいだろう」

マオがぼそりと口を開いた。

「千年の恋か……それもいいかも」

おいおい、さすがにそれは長期的すぎるんじゃないか？

ちょっと弟が心配になる。いや、まぁ、我慢強いというか真面目なんだよな。マオは。だから本当に鈴華の気持ちを優先しすぎて千年こじらせるかもしれない……。

「でも、どうやって仙皇帝宮に来てもらうの？　女人禁制なのに……」

「女人禁制なのは、仙皇帝妃がいない間だ。つまり、仙皇帝妃さえ決まれば、妃の世話をする女性はいくらでも招き入れることができる。仙皇帝が結婚すればいい」

マオがムッとする。

「そんな不誠実なこと、仙皇帝妃になる者にも鈴華にも失礼だ」

まぁ、そうだろうな。

「あとは、俺の嫁になれば仙皇帝宮に入れる」

「兄さんっ！」

「あはは、もちろん無理強いするんじゃなくて、名目だけでも嫁になれって言ってるんだが、鈴華も真面目で根が優しすぎて俺を利用するのは悪いって頷きやしない」

利用すればいいのに。俺も、鈴華を利用しようとしてるんだから。

……ああ、そうか。マオは鈴華と、鈴華はマオと……似てないようで、根っこの部分は似ているんだろう。

「兄さん……僕が、既婚者になった鈴華を口説いたりしたら、鈴華に嫌われるよね？」

「あはは、そうか？　貴族は結婚して世継ぎを生みさえすれば自由恋愛の許され……」

マオが本気で怒りをまとった。

「俺もお前も結婚せずに、鈴華を仙皇帝宮に入れて長期戦をする方法もあるぞ？」

マオが怒りを収めて期待に満ちた目を向ける。

鈴華の優しさにつけ込む形にはなるが……。それでも、双方にメリットはあるだろう。

どうやら、苗子をはじめとした黒の宮の面々は協力してくれそうだし。

「スカーレットとエカテリーナも、満更じゃないだろうしな……」

周りを固めるとはこのことかと。

「なっ、どうするつもりですかっ！」

マオの頭をぐしゃっと撫で、計画を口にする。

第二章

『鈴華《リンファ》へ
鈴華は政略結婚ってどう思う？　仙皇帝《せんこうてい》が政略結婚をするのをどう思う？
やっぱり、真実の愛がないと、結婚はうまくいかないと思う？
質問ばかりになってごめんね。』

政略結婚？

マオとの交換日記の内容に驚きが隠せない。

なんでいきなり結婚？　もしかしてマオは結婚するの？

そりゃ、マオだってそろそろ結婚を考えるような年齢なんだろうし。貴族かどうかわからないけど、政略結婚が話に出るならそれなりの家の人間だろう。

だとしたら、子供のころから婚約者がいても不思議ではない。私だって、成人前に婚約したし。

……まぁ、婚約者が真実の愛を見つけて婚約解消に至ったんだけど。

もし、婚約者が真実の愛を見つけなければ、私はそのまま結婚してたんだよね？　まさに、愛のない政略結婚。でも、政略結婚に問題があるかな？

婚約者との場合は、王家にとっては変わり者の姫を嫁がせられるという益、私にとっては結婚した後も自由に過ごさせてくれるという益、そして婚約者は王家とつながりができる益がある話だったはずだ。で、その益よりも、婚約者は真実の愛を取ったんだよね。

でも、真実の愛を見つける人なんてほんの一握りだよね。

政略結婚が多いことは知っている。家と家とのつながりのため、家格のつり合いを取るため、お金のため。あ、一番は世継ぎを作るため？　家の存続のためなのかな。

あとは、世間体か。二十歳《はたち》を過ぎても独身の女性の扱いはまぁなんていうか。……ね？

二十五歳を過ぎると、それこそ……ね？

と、まぁ、世間体などいろいろな理由で結婚していく。真実の愛が見つかるまで結婚しないわ！　っていう話は聞いたことがない。

両親も兄も姉も、政略結婚だ。だけど、そこに愛がないわけじゃない。

婚約してから、結婚してから、愛を育んでいる。そう、愛は、育てるものだよね。きっと、この人となら愛を育てていけると思った相手となら政略結婚でもいいんじゃないかなぁ。

「まぁ、本にも、恋と愛は違うと書いてあったしなぁ」

『マオへ

好きの種類が恋愛のそれじゃなくてもいいと思う。

だって、結婚って家族になることだよね？　家族の愛って、恋愛のそれとは違うよね？

家族として愛を育んでいければいいんじゃないかな？

恋愛対象じゃなくても、嫌悪感がない相手であれば、人として好きになれそうであれば……きっと大丈夫だと思うよ。マオが政略結婚するなら、相手は幸せになれると思うよ。

マオは相手のことを考えられる優しい人だもん。私が保証する。だから、相手もマオのことをちゃんとわかってくれる人だといいな。

仙皇帝様はどんな人かわかんないけど、仙皇帝様は後宮《こうきゅう》から妃を選ばないといけないのかな？

もしかして後宮にいる姫以外に真実の愛の相手でもいるのかな？

もし、身分がどうのとかで結ばれないと思っているのなら相談して！　簡単よ。養女にして立場を整えるだけでいいんでしょ？　呂国《ろこく》の養女にしてもいいけど、国同士のいさかいの問題になるなら、スカーレット様やエカテリーナ様にも相談してみるわ。きっと悪いようにはしないと思う。もしかしたら三国で後ろ盾になれるかもしれないし。

あ、別に祝福狙いじゃないからね？　呂国は祝福いらないし。

まぁ本音を言えば、祝福はいらないけど、仙皇帝宮の地下図書館には行ってみたいけど。』

そこまで一気に日記を書きあげて手が止まる。

「マオが……結婚するの？」

ぎゅっと胸の奥が締め付けられた。

……せっかく、仲良くなれたのに。交換日記は楽しかったのに。

「……結婚するのに、別の女性と交換日記なんて続けられないよね……」

ぱたんと、卓につっぷす。

「寂しいな……」

そうか……本には男女の友情は成立しないって書いてあったけど……そういうことか。

その男女の間に本当に友情が成立していたとしても、妻や恋人がいれば気を遣って距離を置くよね。いくら友達だよって言ったって、別の女性や男性と親しくしていたらいい気はしないだろうし。もし理解していても、世間の目は残酷だ。浮気じゃなくたって浮気だと噂が立つだろうし。

そっか。男女である限り、友情は続かないというか、続けるのって家族ぐるみとか特別な状況じゃない限り難しいんだ。

仲良くなっても……続かないなんて、嫌いになったわけじゃないのに、離れないなんていけないなんて……。

「辛い……」

本に書いてあることって、奥が深い。男女の友情は……成立しない……。理由が本人の気持ちだけではどうにもならないって、知らなかった。

友情から恋に変わるなんて話も、あれって真実は親友と離れたくなくて、離れないでいる方法がそれしかなかったみたいなことだったりして。恋愛じゃなくて、恋愛によく似た友情。友愛？

上質な友情は恋愛にも似てるとか書いてあった本もあったなぁ。

大きなため息をつくと、苗子《ミャオジー》が部屋に入ってきたので慌てて交換日記を閉じる。

「鈴華様、スカーレット様とエカテリーナ様よりお手紙です」

はっ！　そうよ、男女の友情は無理だとしても、私には女友達ができたのだわ！

手紙をくれるなんて！　今日は赤の宮でスカーレット様のマナー教室で顔を合わせるというのに！　もしかしたらわざわざ改めて招待状を？

スカーレット様、大好き！　うきうきとしながら手紙を開く。

「えーっと、何々、紅花の話を直接聞きたいと言われたので、急ですが里帰りすることになりました。マナーレッスンは日を改めて。ついでにお見合いさせられるかも」

え、えええ！　今日は中止？　いや延期か。それはいいけど……。

「里帰りして、お見合い？」

そりゃそろそろ妹と変わると言ってたけど……。里帰りしちゃうなんて……。しかもお見合い？

もし、いい感じの人と愛を育むことになったら、後宮に戻ってこないのでは？

「男女の仲を邪魔するわけにはいかないっ。寂しいけど……！　うぐぐ、うう、うぅ～」

泣かない。幸せを笑顔で祝福しなくちゃ。

そうだわ！　エカテリーナ様とお祝いの相談したらいいんじゃないかな？

エカテリーナ様からの手紙を開く。

きっと、今日の予定の相談の手紙よね。スカーレット様のマナー講座が延期になったから。

「……『写本ありがとう。早速読んだわ』……って、感想を話し合えたら素敵ねぇ！　えっと、それから『内容を忘れないうちに、金国へ戻って伝えてくるわ。急だけれど今日は参加できなくなったの』……え？」

ええー！　エカテリーナ様も里帰りなの！

本も確かに持ち帰れないけど！　手紙を写本みたいに内容を写して送ればいいのでは？　それはできないの？　わざわざ里帰りする必要あるの？

「『本の内容から、作者が住んでいた場所のおおよその見当が付いたの。視察に行ってくるわ。もしかしたら紅花に関して何か新しいことがわかるかもしれないし、他にも作者が残した記録があるかも。本があれば、タイトルを手紙に書いて送るわ。後宮ではなんでも手に入るはずだから、その本の写本が欲しいとお願いしてみてね』……って。エカテリーナ様、神っ！　私のために、わざわざ本を探しに行ってくれるなんて！　大好きぃ！」

苗子が手紙を抱きしめてくるくると回る私を見て、冷めた視線をよこしてくる。

「鈴華様のために本を探しに行ったわけではないと思います。手紙を託された者の話では紅花の話を進めるためにということでしたが」

苗子、わかってないわ、それはついでよついでって顔で訴えたら、何を言っているんですかって顔を返された。……どっちがついででもこの際いいのよ。

「はぁー、持つべきものは女友達ねぇ。男はだめ……この先も仲良くするのは女よ、女」

「は？　男がだめってどういうことだ？」

突然の声に、天井を見上げる。

レンジュ、今日はいたんだ！　いや、今来たところかな？

「こっちだ、こっち」

後ろから声が聞こえる。振り返ると、窓の外にレンジュの顔があった。

「はぁ？　レンジュ、どうしたの？　体調が悪いの？　仙皇帝様に働かされすぎて、おかしくなっちゃったの？」

レンジュが窓の桟をひょいっと乗り越えて部屋の中に入ってきた。

「誰がおかしいって？」

「レンジュだよ、いつも天井裏からすとんと下りてくるのに、窓からなんて、どっかおかしいんじゃない？　疲れてるの？　だったら、ほら、ちょっと休んできなよ、こっちで寝る？」

レンジュをちょいちょいと体を横たえることができる長椅子に誘う。

「……今、どっと疲れた。男に寝ていけと誘うな」

「待って、どっと疲れたの？　じゃあ、本格的に寝ていく？　仙皇帝様には体調不良で今日は休むって言えばいいわ」

レンジュの手を引こうとしたら、レンジュが苗子の後ろに隠れた。

「苗子、言葉が通じない。鈴華に、言葉が……なんで、誘うなと言って、寝所に連れ込まれそうになってんだ？」

ちょっと震えてるの失礼ね。襲ったりしないから。

「ちゃんと言葉は通じてるわよ！　私だって、男を寝所に連れ込むようなことしないから！　レンジュは宦官《かんがん》でしょ？　あ、もしかして、宦官を襲うような姫が後宮にはいたことがあるの？」

盲点っ！

「レンジュ、そういう話を聞いたことがあるのよね？　だから、私に襲われるかもって疑ったんでしょう？　ねぇ、いったい、宦官は何をされるの？　男とか女なら想像はつくんだけど……」

気になる。そういう本読んだことないのよね。もしかしたらあるのかな？　宦官の日記みたいなものが地下図書館には。探して持ってきてもらおうか？

「苗子、お前が教えてやれ」

フルフルと震えるレンジュの言葉に、苗子が顔を真っ赤にした。それを見たレンジュが慌てて否定する。

「実施で教えろって話じゃないからなっ」

「何を言ってるんですか、レンジュっ！　じ、じ、実施って」

二人の会話を聞いてひゃーっと、顔を赤くする。

「なに、まさかレンジュと苗子が実施して、それを私に教えてくれるってこと？　いくら知りたいって言ったからって、そこまでしなくていいのよ？　ごめん、忘れて、大丈夫、うん、うん」

レンジュと苗子が顔を見合わせて、青ざめる。

「どうして、そういう発想になるのか……」

「鈴華様のご命令でも絶対に無理ですからっ」

「いや、俺だって」

だから、そんなこと命じないって。私を何だと思ってるの！

「で、さっきの言葉だ、男はだめだとはどういうことだ？」

いつの間にか、レンジュは長椅子にどっかりと腰を落としている。

座るなんて珍しい、やっぱり疲れてるのかな？

レンジュがポンポンと、自分の隣を手で叩いた。座れってこと？

言われるままに、隣に腰かけた。レンジュが体を斜めに向けて私の顔を見下ろす。

この距離だと、ちゃんと顔がはっきり見えるんだ。

すっと手を伸ばしてレンジュのほほに触れると、じゃりっと指先に伸び始めた髭のざらざらを感じる。

「宦官も、髭が伸びるのね」

私の言葉に、レンジュが苗子をちらりと見る。苗子は自分のほほに手を当てて首をかしげた。

「ひ、人によるんじゃないか？」

そっか。もともと男の人も、髭が濃い人もいれば髭がほとんど生えない人もいるものね。でも、ほんとう宦官って不思議……男でもなく、女でもなく。

ん？　男女の友情はどちらかに恋人や配偶者ができた時点で配慮して終了する。

女女の友情もどちらかに恋人や配偶者ができた時点で優先順位が下がる。

じゃあ、宦官との友情は？

「レンジュ、お願いがあるのっ！　私と、ずっと一緒にいてほしい」

「は？　プロポーズか？　……まぁ、どうせ違うんだろうけど」

レンジュの手を両手で握る。

「レンジュ、私には、もうあなたしかいないの！」

レンジュが戸惑った顔をする。

「俺しかいない？　どういうことだ？　誰かにいじめられたのか？　仲間外れにされたとか？」

ううんと首を横に振る。

「みんな優しいし、大好き。でも、気が付いちゃったのよ。いくら好きでも、いいえ、好きだからこそ、その人の幸せを考えたら、離れなくちゃいけないときがくるって。その点、レンジュなら離れなくてもいいじゃない？」

レンジュが眉根を寄せる。

「なぁ、苗子、これ、俺の幸せは考えてくれないって意味か？」

苗子がふっと笑った。

「そうかもしれませんね」

「鈴華、苗子がひどい、いや、そもそも鈴華がひどいっ」

レンジュがすねた。

「ああ、違う、そうじゃないの。マオがね、結婚を考えているみたいなの。そりゃそうよね。そういう年齢なんだもの。で、マオが結婚するなら、お嫁さん以外の女と仲良くしてるのってお嫁さんに悪いでしょ？　誤解されないとも限らないし。それからスカーレット様も婚約者ができたら、婚約者との交流を優先すべきでしょ？　結婚したら家のことに掛かり切りになるだろうし。今みたいに頻繁にお茶もできなくなる。まぁ、手紙のやり取りくらいはできるだろうし……。となると、友達になるならレンジュのような宦官がいいんじゃないかなって思ったのっ！」

レンジュがぎゅっと私の鼻をつまんだ。

「好きな相手なら、男なら結婚すりゃいいだろ、女ならお互いの家庭の話で盛り上がればいいだろ、なんでお前は結婚しない前提で物事を考えるんだ？」

レンジュがパッと手を離すと、肘を足の上について頭を抱えた。

黙り込んでしまったレンジュに、なんと声をかけていいのかわからなくて裙子《くんす》を握った。

はっきりと見えた。この距離だから、レンジュの表情が。

怒っていた。私が、怒らせてしまったんだ。

嫌われてしまったかもしれない。……そもそも、レンジュは仕事で私のところに来ているだけなのに。宦官だから都合がいいとずっと一緒にいてなんて頼むなんて。失礼にもほどがある。

私はレンジュのことが好きだけど、レンジュは私のこと迷惑なのかもしれない。

レンジュがちらりと私を見た。

片手を伸ばして、裙子を握りしめている私の手を上から包み込む。

「俺とずっと一緒にいたいなら、俺の嫁になれ」

レンジュの目が私の顔を見ている。

「俺のことが、好きじゃなくたって構わない。俺は、お前といたい」

「レンジュ、私のこと嫌いじゃないの？」

レンジュがふっと笑った。

「好きだ」

ほっと胸を撫でおろす。

「良かった。私もレンジュのこと好きだよ。ちょっと食いしん坊だし、時々妖怪《ようかい》か何かを見るような目つきで私を見るし、呼んでないのに来るし……でも、好き。友達でいてくれたら嬉しい」

へへと笑うと、レンジュが私の頭に腕をまわして、ぎゅっとレンジュの左肩に押し付けられた。

「やっぱ、時間が必要だよな……」

ぼそりとレンジュのつぶやきが耳に届く。

「時間？」

「俺ともっといる時間。一緒にいたいんだろ？　今のままじゃ、ずっと一緒は無理だ」

「そりゃそうだけど、仙皇帝様の仕事を手伝わないわけにはいかないでしょ？　っていうか、そういう意味のずっとじゃないよっ！　ずっと友達でいようね！　みたいな意味だよ？　何も朝起きてから夜寝るまで四六時中背後霊みたいに一緒にいようねって意味じゃないからっ！」

レンジュがくっと笑った。

「俺の背後霊になってもいいぞ？」

「待ってよ、背後霊はレンジュの方でしょ？　いつも苗子の後ろに隠れてるし！」

「それは、お前が」

グイっと体が後ろに引っ張られる。

「必要以上に引っ付かないでください」

苗子が私とレンジュの間に隙間を作る。

「苗子、俺は本気だからな？　わかるだろう？　俺の嫁になれば仙皇帝宮に行くことができる。そうすれば、鈴華と俺は同じ時を生きられるんだ」

うん？　あれ？　何か引っかかった。

「まぁいい。じゃあな鈴華。仕事してくる」

レンジュが天井裏に消えた。

同じ時を？

レンジュの言葉が頭に響く。

「あ、そういうことか……」

ずっと友達でいて、ずっと一緒にいるというのは、同じように年を取っていくことが前提なんだ。仙皇帝宮で過ごす時間が長くなればなるほど、レンジュは年を取らないし、私は普通に年を取る。友達だけ年を取って、自分を置いて黄泉へと旅立っていくことになるんだ。

時間……か。

同じ時間を生きるための結婚。仙皇帝宮に行くために、レンジュと……。

「ああっ、違う、そうじゃないっ！」

騙されるところだった！

仙皇帝様が結婚すれば女性も仙皇帝宮に入れるんだった！　侍女でも下働きでもなんでもいいから働かせてもらえばいいんだ。

よし。

「苗子、手紙を書くわ。仙皇帝様に！　失礼のない手紙の書き方を教えて！」

と、いうわけで苗子に用紙の選び方から、香りの選び方を順に教えてもらい、一枚の手紙を書くのに午前中いっぱいかかった。

「紙にもこんなに種類があったのねぇ……」

ずらりと並べられた紙を見る。

「山羊はどの紙を食べるのかしら？　全部食べ比べたら、美味《おい》しい紙が見つかる？」

かじってみようとしたところで苗子に止められた。


「何をなさいますか？」

午後、予定していたスカーレット様とのお茶会兼マナーレッスンがなくなってしまったのでぽっかりと穴が空いてしまった。

「ねぇ、苗子、中庭は、自由に行き来していいのよね？　他の宮の庭も」

「はい。建物の中はそれぞれの宮に所属する者以外は理由なく入ることはできませんが、庭は壁や柵で仕切られておりませんので行き来が自由となっています」

「じゃあ、ちょっと散歩してくる」

歩き出すと苗子が後ろからついてこようとする。

「ああ、一人でいいよ〜安全でしょ？」

ひらひらと手を振って中庭の散策開始。ぐるりと一周回ろうかと思ったけれど、まっすぐ進んで正面の銀国《ぎんこく》の庭から散策してみよう。銀国は白の宮。呂国の黒の宮とは正反対の色の国だ。

白い景色が見えてきた。

「寒っ」

しまった！　銀国の白は雪の色だったっけ。何か羽織《はお》るものを持って来ればよかった！　と、後悔しつつも、そのままずんずん足を進める。体を動かせば温まる。

流石《さすが》に、国の様子を再現された中庭とはいえ、豪雪地を再現はしていないようで積もった雪も指先ほどの高さ。表面を白く染めているだけなので、歩くのには問題はない。

ずんずんと歩いていくと、雪がなくなった。気温も体を抱えて震えるほどではなくなっている。いつの間にか、建物が見える場所に来ていた。流石に寒すぎて過ごしにくいのではないか。

「うわっ、え？　あ、あの……！」

声のしたほうに顔を向けると、背の高い銀髪の娘が木箱を持って立っていた。

「し、失礼いたしました。お目汚しを……すぐに立ち去りますので！」

背の高い女性……一七五センチはあるだろうか？　ひょろりとして、膝小僧が見えそうなちょっと短いスカートをはいている。足元は毛足の短い毛皮を使ったブーツだ。

「なるほど！　そういうことか！　確かに、雪がもっと積もれば長いスカートは裾が汚れて邪魔よねぇ。皮よりも毛皮のほうが雪をはじくってことね。暖かさも違うだろうし。なかなか考えられた服装だわ！」

各国の代表的な服装が描かれた本を読んだこともあったけれど、こうして実際に雪の中を歩いてから服を見ると、実感として感じることもあるんだ。

これは何の毛皮なんだろう？　しゃがみ込んで、女性の足元のブーツを撫でる。

「ひゃっ、あ、あの、も、申し訳ございません、下働きの身で姫様の目に触れるなどっ」

ガシャンとガラスが当たる音が響く。運んでいた箱の中にガラスが入っているようだ。

慌てて背の高い女性が膝をついて頭を下げた。

「ちょっと、大丈夫？　箱の中、割れてない？」

女性は、木箱を地面に置くと、そのまま頭を地面に擦り付ける勢いで土下座を始めた。

「も、申し訳ございません、申し訳ございませんっ」

「ちょっと、待って待って、落ち着こう、落ち着いて……、そもそもなんで謝っているの？　私は怒ってないよ？」

と言ってから、ハッとする。

前髪はあげているし、顔を隠す布もない。私、睨むような顔しちゃったかな？

「目つきが悪いのは、もともとだから、怒った顔してるわけじゃないの」

女性が恐る恐る顔をあげて私を見た。

「し、下働きの醜い女が姫様の目に留まってしまったことを、お許しくださるのですか？」

「えーっと、醜い？　どこが？」

本気でわからなくて、目を細めて女性の顔を見る。

うん、美人ということはないけど、醜いというわけでもないと思うけど？

「わ、私はやせて背ばかりが伸びて……醜い体形をしております。見ているだけで貧乏たらしいとか気持ちが沈むとか言われて……」

そういえば、本で読んだな。国によっては、ふくよかであればあるほど美人だと。痩せているのは醜いって。国によって美醜の基準も違うんだよね。だからこそ、気にすることもないのに。

「よく見なさい。私は太ってないわ。そのうえ、不吉色の黒い髪に瞳の色よ？　あなたの口ぶりじゃ、私も醜い体形ってことにならない？　私を醜いと言うつもり？」

にこりと笑ったら、びくりと女性が肩を震わす。

「い、いいえ、そのようなことは……」

「私の大切な女官……侍女は、あなたに似た体形をしているわ。細くて身長が高い。でも醜いなんて思ったことはないの。まぁ、たとえ醜くとも目障《ざわ》りだから消えてとは言わないけれど」

女性が押し黙ってしまった。

「今、白の宮には姫が不在なのでしょう？　その前提で行動してたんだから、あなたは何も悪くない。突然庭に入り込んだ私が悪いの。だから謝る必要もないのよ」

ぽかーんとした顔をする女性。

「黒の宮の姫様は、気に入らない使用人を追放すると噂を聞きましたが、噂と違ってお優しい」

おや？　私が、使用人を追放？　親切心で辞めていいと言ったことが、噂として広がっている？　だから、私の姿を見てこの女性は必要以上に怯えたとか？

……いや、誤解、誤解！　ワタシ、怖くないよ？

「で、これは何をどこへ運んでいたの？　ガラスがぶつかる音がしたけれど大丈夫？」

私の言葉に、女性がハッとして木箱の蓋を開けて中身を確認する。

中には、十本ほどのガラス瓶と陶器の壺が入っていた。それらを一本ずつ取り出して割れていないか、ヒビが入っていないか女性が確認する。

「ねぇ、これは何？」

「こ、これは、食用油でございます姫様」

姫様か。

「私は呂国の鈴華よ。あなた名前は？」

「マ、マリーンと申します、鈴華様」

木箱の中から油の入った瓶を一つ取り、光にかざして見る。

「サラサラして、綺麗な色の油ね」

呂国のごま油のような茶色を帯びた色とも違うし、金国のオリーブオイルのような少し緑がかった黄色とも違う。薄い黄色。溶けてなくなってしまいそうな繊細な色をした油だ。

「ねぇ、これは何？」

油も気になるけど、それよりも気になったのは瓶の栓だ。

「これはゴムというものです。木の樹液から作られます。白い樹液が固まって、できます」

「ゴム？」

初めて聞いた。瓶の栓と言えば、一番有名なのはコルクだ。

「この壺の蓋もゴムよね？」

呂国では壺は油紙などで蓋をする。コルク栓はあまり大きなものを見ない。

ゴムはこんな大きな栓もあるのか。壺のゴムの蓋は、握りこぶしほどの大きさだ。

これが陶器の蓋であれば傾けただけでもずり落ちてしまうだろう。

コルクでは大きくなると押し込めば中央でパキリと割れてしまうだろう。ゴムは大丈夫なの？

「ねぇ、ちょっとこれ、蓋を開けてもいい？」

気になるっ！　ゴムをはめたり外したりしてみたい！

「えっと、あの……下働きの私では、判断ができません。あの、この品は近々白の宮に里帰りから戻ってくる銀国の姫様のために用意している食材になりますから……」

おお、そういえば、銀国の姫が後宮にもうすぐ来るようなこと言ってた！

「なるほど、白の宮の品を、他国の者が確かにどうこうしちゃだめよね。毒を入れたと疑われても困るし」

「ど、毒っ？」

マリーンが驚きの表情を見せた。

「あ、入れないよ？　でも、何かあったときに疑われても困るよね？　っていうか、入れるも入れないも、後宮に入るものってとても厳しく検品されるから、毒は持ち込めないよ」

国から何一つ持ってこられないんだもん。

スカーレット様が言ってたけど、チョコレートが欲しいと頼んでも国から直接は取り寄せられなくて仙皇帝宮経由で検品されてからしか手元に来ないんだよね。

スカーレット様の女の兵法書の記録によると、嫌がらせとして気を付けるものは、生き物の死体と腐敗物や汚物だという話だ。毒物が入手できなくとも、雑巾のしぼり汁や腐敗物などお腹を壊すくらいのものが飲食物に混ぜられることはあるとか。

……怖っ！　命を落とすほどの食中毒というのもあると本で読んだし。怖いっ！

「ごめんね。ゴムって初めて見たから。栓としてどんな感じなのか知りたくて……困らせるつもりはなかったの。あ、仕事を邪魔するつもりもなかったんだ。ごめんね」

おとなしく壺を木箱の中に戻す。

「そ、そんな、鈴華様、私みたいな下働きに頭を下げるなんて、も、申し訳ありません、お役に立てませんで……」

って、そんなぺこぺこしなくていいのに。

「さ、仕事に戻って。それはどこに運ぶつもりだったの？」

「あ、はい。食糧庫に……あ、そこなら、空になった瓶も置いてあるはずです！　空になった瓶ならゴム栓をはめたり外したりしても問題ないと思います！」

マリーンの言葉に、パッと顔を輝かす。

「本当？　じゃあ、行きましょう、早く、早く！」

私が嬉しそうな顔をしたからか、マリーンもにこりと笑顔を見せてくれた。

この子、いい子だなぁ。もしかして、私ががっかりしたことに対して申し訳ないって思ったのかな。上の者の要望に応えられないっていう義務的なことじゃなくて。そうじゃなきゃ、空瓶のこととか思いついて提案したりしないよね。

「こちらです」

マリーンの後をついて、中庭をずんずんと進んでいく。華やかな装飾のある建物に少し小さな地味な扉が付いていた。

ああ、これが使用人が出入りする扉か。

「食糧庫です」

と、マリーンが扉を開いた。

「えっと、私は他国の者だから、建物の中には入れないの……」

中庭の移動は自由だけどね。

「では、空の瓶をすぐにお持ちいたしますので、少々お待ちください」

マリーンは腰を折り曲げ小さな扉をくぐって行った。

「何やってんの！　遅いわよっこの愚図が！」

中から、怒鳴り声が聞こえてきた。私のせいでマリーンが叱られてる？

「いつもいつも、本当使えない子ね！」

いやいや、私のせいだし。それにとても優しいいい子だよ？

「不細工の癖して仕事もまともにできないなんてこの先どうやって生きてくつもり？」

別の女性の声も聞こえてくる。中年の少し枯れた声。

「ほんと。こんなペラペラな体に、男みたいに身長だけ伸びてさ。みっともない！」

いやいや、背が高いスレンダーな女性だって魅力的だよ？

「お前みたいな嫌われ者、どこにも嫁にいけないんだから、一生働いて一人で生きていかなくちゃならないってのに」

私は、嫌いじゃないよっ！

それに美人ではないけど、優しいし働き者だし、お嫁さんにしたいという人はいると思う。

ううう！　言ってやりたい！　でも、建物の中に入るわけにはいかないっ。

ぐっとこぶしを握り締める。

「不細工で仕事もできないとなると、あんた生きていけると思ってんの？」

「っていうか、絶望して死なないでよ～きゃはは」

「ああ、でも死ぬならわかりやすく死んでくれる？」

はぁ？

ぎりぎりと握りしめる手に爪が食い込む。

私、対人関係さぼってきたけど、人に言っていいことと言ってはいけないことくらいわかるよ。言ってはいけないことだ。人の死を望むような言葉は。絶対に、だめだ。

「後宮で不審死なんてあれば、ここ閉鎖されちゃうんだから〜」

「閉鎖されたら仙山《せんざん》を下りなくちゃいけないのよ、わかってる？　あんたの家族もね！」

「そうそう、だから死ぬなら、ちゃんと遺書を残してね」

何それ、何それ、何それ。頭が沸騰する。遺書書いて死ねって言ってるの？

あまりに怒ると、人間息が苦しくなるんだね。吐き出す息が熱い。呼吸が苦しい。

ダンっと思いっきりドアを叩きつける。

「な、何？　誰よっ！」

ドアの音にびっくりしたのか声がかすれた女性の苛立った声が聞こえてくる。

ドンっともう一度ドアを殴りつけた。

「何のつもりっ！」

ドアが内側から勢いよく開いて、呂国では太りすぎだと言われる体系の女性が姿を見せた。

「あら？　もしかして、あなたのような体形ではないと、不細工で嫁にもいけないって言われるのかしら？」

その後ろにもう一人、太りすぎだと言われる体形の女性がいた。

なんと、座り込んだマリーンの髪をひっつかんでいた。

言葉だけでなく手まで出してたの？

「誰よ、あんた。どこの侍女よ。私はここの使用人をまとめる侍女頭よ、その私に生意気な口を利くとどうなると思ってるの？」

あらまぁ。

「マリーンは私がどこのだれかすぐにわかったみたいだけど、わからないような者がよく侍女頭なんてしているわね？　脳に行く栄養が体に行ってしまったのかしら？」

あおるような言葉が口から出て、自分でもびっくりする。

でも、使用人には制服があるんだから。宮ごとに、立場ごとに。明らかに私は制服とは違う服装をしてるのに、気が付かないなんてことある？

「はぁ？　覚悟はできてるんでしょうね！　他の宮で働いている者だからって、咎められないとでも思ってるの？　姫様に言えば、他の宮の使用人だって辞めさせられるんだよ！」

ふぅーん。

「ありがとう、いいことを教えてくれて。じゃ、あなた辞めたらいいわ。あ、そっちの奥の人も。仕事してないみたいだし。食費もかかりそうだし。ほら、仙山を下りてしまえば、閉鎖される心配も今後一切しなくてよくなるわよ？　いいことづくめよね！」

マリーンの髪の毛をつかんでいた女が私を見て顔を青くして飛び出してきた。

「わ、私は仕事をしていないのではなく、出来の悪い下働きの指導をしておりました」

そしてすぐさま土下座をする。

「ちょっと、何を言ってんの」

土下座をする女性が侍女頭をちらりと見てから再び深く頭を下げる。

「リ、鈴華様、侍女頭は確かにいつも仕事をしておりませんが、私は違います、銀国の姫様をお迎えするために今も食糧庫の在庫の確認をしておりました。その際追加の食材の運搬をマリーンに指示していたのですが、遅かったため急ぐように指導をしていただけで……」

「鈴華…様？」

流石に侍女頭も様付けで私が呼ばれたことで、使用人ではないと気が付いたようだ。

「もう一度聞かせていただける？　白の宮の侍女頭さん、姫であれば、他の宮の使用人も処罰できるのよね？」

にこっと笑って尋ねる。

後宮に来たときに、パンとジャガイモを出された。あれは理不尽な理由で使用人が処罰されないように指示の出し方を学ばせるための儀礼だと言われた。

それなのに、よその宮の使用人を辞めさせるなんてできる？　不敬を働いたり、盗みを働くなどの犯罪行為を行ったりというのならまだしも。侍女頭の言葉は疑わしい。

「こ、こ、言葉の綾《あや》でございますっ。わ、私は侍女頭として後宮で働く者たちの指導をしなければなりません。ほ、他の宮の使用人だからと言って、見過ごすことができずに……」

ものは言いようね。確かにそう言えば仕事熱心な人に思えなくはない。

「そうだったの。指導だったのね」

と言えば、ホッとしたように侍女頭が両手をすり合わせた。

「そ、そうでございます。宮は違えど、同じ後宮で働く者。みっともない行いをさせるわけにはまいりませんので。その、まさか、姫様がお供もつけずにいらっしゃるとは思わずに、使用人と間違えてしまいました」

さてと。

「この中で一番みっともないのは、あなたみたいだけど？」

侍女頭の顔を睨みつける。目を細めて見るわけじゃないよ。ちゃんと私の意志で睨む。

あ、目が細くなっちゃったので見たくもない侍女頭の表情がはっきり見えちゃった。

こびへつらうような顔をしつつも、怒った目をしてる。

「別に、あなたのように、体形や顔などの容姿に関してみっともないって言ってるわけじゃないわよ？　あなたはずいぶんマリーンにひどいことを言っていたみたいだけど？　何だったっけ？　ペラペラな体がみっともない？　恥ずかしい？　生きてるだけ無駄？　死ねば？　だったかしら？　私もあなたに比べたら、ペラペラな体だけれど、みっともないっていうことね？　……あら？　それって、私に対する不敬罪かしら？　どう思う？」

土下座したままの女性に問いかける。

「も、申し訳ありません、そのような意図は全くありません、マリーンのことでございまして」

「まぁいいわ。で、侍女頭、彼女はこうして謝っているのに、あなたは私を使用人と間違えたくせに、一度も謝罪しませんね？　みっともないというのは、何も見た目ではありませんわ。行動こそ、人柄が表れる。指導という名目で、人を怒鳴りつけ罵り危害を加える。仙山を下ろされたいのかと脅しをかける。失敗を謝罪もできずに言い訳をして、反省もせず怒りをぶつける」

指折り数えて思いついたことを次々に口にする。

侍女頭の顔色は青くなるどころか赤くなる。これ、さらに怒ってるってことよね。

「ああ、それから、一人でいるから使用人と間違えたと言っていましたが、宮ごとに使用人の服装は決められているでしょう？　そうではない服装をしていたら、なぜと思うのが普通じゃない？　現に、マリーンも、そこに跪いてる女性もすぐに気が付いたわ。侍女頭として指導する立場って言っていたけど、誰かに指導してもう必要があるのはあなたのほうじゃない？」

ますます顔が赤くなる。

「顔が赤いけれど、恥ずかしくて真っ赤になっているの？　それとも、まさか……怒ってる？」

少しは反省してほしいと思っただけだったはずなのに。

遠回しにも人に死ねばというようなことを言う人間が許せなくて、止まらない。

「大丈夫よ、私、他の宮で働いている人を処罰しようなんてこれっぽっちも思ってないから。だって、白の宮の姫はあなたを侍女頭として認めるなら、それには理由があるわけでしょう？　それが裏の仕事をさせやすいとか、一緒になって使用人をいじめて楽しめるとか、どんな理由があるかは知りませんけど。ね？」

土下座している女性に声をかける。

フルフルと震え、真っ白な顔になっている。

反省してるし、ことの重大さをわかっているし、今言った私の言葉の意味もわかっているようだ。『あなたの行いが姫の品格を貶《おとし》める』ということを。

その結果、何がどうなるかは知らないけれど。

「もし再びペラペラな体形を悪く言うようなことがあれば、容赦はしないから。誰が何を言っていたか、報告してもらうわ。わかったわね。それで今日のことは聞かなかったことにします。いいわね？」

土下座していた女性が、私の言っていることが伝わったようで、パッと顔をあげてそれから、再び頭を下げた。

「ありがとうございます」

うん。つまりだ。もうマリーンいじめるなよ。さらにはいじめる人がいたら止めるか私に伝えるかしてねと。

「わかっていると思うけれど、隠そうと思っても無駄よ？」

天井裏にレンジュのように忍者というか、影というかがいたりするんだよ。いや、屋根裏じゃないかもしれないけど。

後宮と仙皇帝宮の連絡役みたいな人がいると思うんだよ。たぶん後宮のことって仙皇帝様に筒抜けじゃないかなぁ？

「忙しいところ、仕事の邪魔をして悪かったわ。仕事に戻りなさい。マリーンはあれをお願い」

頭を下げて静かに控えていたマリーンに声をかける。

「あ、はい。すぐに！」

マリーンが建物の中へと入っていき、すぐに空瓶を持ってきた。

「うん、ありがとう。あ、これ空瓶だからね？　そしてすぐに返すからね？　マリーンが勝手に物を持ち出したとか私が無理やり奪ったとか言いがかりつけないでよ？」

と、にこりと笑って侍女頭に声をかけ、釘を刺しておく。

二人が去ってから、瓶のゴム栓を取る。きゅぽんっという音で抜けた。

それからゴム栓を瓶に入れる。

どれくらい押し込めばいいんだろう？　きゅっきゅという音が楽しい。瓶に密着して隙間がない。さかさまにしたり、振ってみたりしても栓は抜けない。

マリーンが、一度建物の中へと入っていき水差しを持ってきた。

「鈴華様、こちらをどうぞ、水を入れて試してみませんか」

まぁ！　なんて気が利く子でしょう！　やっぱりマリーンは優しいし賢いと思う。有能だよ。

ああだめ。また侍女頭と女のマリーンを罵る言葉を思い出してイラっとしちゃった。

「ねぇマリーン」

瓶の中に水を入れ始めたマリーンに声をかける。

「黒の宮は嫌い？」

「え？」

マリーンの手元がぶれて水が少しこぼれた。

「もしマリーンが嫌じゃなければ、黒の宮で働かない？　たしか移動希望届けというのを出せば移動できるのよね？」

マリーンが目を見開いて私を見た。

「わ、私のような者が……いいのですか？　あの、私みたいにみっともない愚図は、他の宮で働けるはずはないと……。銀国出身だから温情で白の宮で働かせてもらっていると……。だから、その……その……」

あら？　と首をかしげる。

「むしろ、黒の宮で働いてもいいの？　じゃんけんで負けた人が黒の宮で働くとか黒の宮で働くことは人気がないというか罰ゲーム扱いだったりするのよ？」

フルフルとマリーンが首を横に振った。

「鈴華様のような姫がいらっしゃる黒の宮が悪い場所なはずありませんっ。あの、私、移動届を出します。鈴華様がご迷惑でなければ、黒の宮で働かせてくださいっ」

マリーンが頭を下げる。

「もちろん大歓迎よ。確か今は銀国出身者はいなかったはずだし、いろいろと話を聞かせてもらえると嬉しいわ。このゴムもそうだけど、知らないことがたくさんあるのよ」

マリーンが顔をあげる。

「はい。移動が認められるまでの間に、もっと銀国や白の宮のことも勉強しておきますっ！」

勉強熱心。ますます素敵じゃない？　マリーンのどこがみっともない愚図だというんだろう？

マリーンから受け取った半分ほど水を入れた瓶を、さかさまにする。

「うわ、漏れないのね。すごい」

それから瓶を戻してゴム栓を外す。

「へぇ、外れないいくらいしっかり栓ができているのに、手で抜けるのね」

とゴム栓を堪能する。

ゴム、いいわね。このぷにぷにとした弾力、他にも何かに使えないのかしら？　馬車の振動を軽減するクッションとか？　すでにあったりするのかな？

「ねぇマリーン、銀国の姫が来るのはいつごろ？」

「はい、あと半月ほど先だと聞いております」

半月か。じゃあ、来てからゴムについて話を聞けるかな。呂国でもゴムを使えたら楽しそう。

銀国の姫が来たら、そのあたりも相談してみよう。

あ、その前にゴムに関する本を読んで勉強しておこう。

ああ、読みたい本が増えていく。紅花の油のことも知りたいし。どんな料理に使えるのかな。

いや、油の存在自体があまり知られていないから料理の本なんかないかな？

ならば、いろいろな油の本を読んで、紅花の油で代用できる料理を考えてみる？　おお、となると各国の油の本を読まないといけないよね。忙しくなるぞ！　早速本の手配をしなくちゃ。

マリーンに瓶を返すと、黒の宮に来るのを楽しみにしてるねと声をかけて中庭を突っ切る。

「苗子ぃ！　本を、欲しい本があるの！　読みたい本が！　たくさん！　すぐに、取り寄せてもらえない？　楓《フェン》にまずは図書室にないか確認してもらって、あればそれを読むから、呼んでいる間に仙皇帝宮の地下図書館から、すぐにぃ、読みたい本がぁ……はぁ、はぁ、はぁ」

走ったので息が上がる。紙に書き出したほうがいいかな。口頭でも苗子なら大丈夫だよね？

と、息を整えつつ苗子の顔を見る。

「鈴華様、姫たるもの、そのように衣服を乱して走るものではありません。本が用意できるまで、美しい早歩きの練習をいたしましょ」

ひゅっと息をのむ。

「ひゃ……ひゃい」

これ以外の言葉を発することができようか。反語表現。

苗子がふっと笑った。

「本が読めないほどの悩みがあるのではなくて、安心いたしました」

え？　もしかして、読書すると言わなかったから、悩みでもあるのかと心配してくれてたの？

私を、心配してくれたなんて……。

苗子、大好きっ！

「では、体力づくりもかねて、早歩きの訓練を一刻ほど休憩を挟まずに行いましょうか」

苗子は大好きだけど、鬼教官は……ぐずっ。


パンパンになった腿をマッサージされながら、読書。図書室にあった油の本。

「流石に紅花油のことは書いてないよね……」

目次を見ると、菜種油ごま油ココナッツ油バターと書いてある。

「バター？　バターって、油？　いや、熱すれば溶けるから油なのかな？　油脂の油は常温で液体、脂は常温で個体だよね？　だから、バターは油じゃなくて脂だよね？」

バターの項目を見る。バターから不純物を抜いたギーという油がある。寒冷地でなければ液体であるため油として菜種油などと比較する。と、いきなり注意書きから始まっている。

「ギー……バターから作る油があるんだ」

バターから不純物を抜くって、不純物って何だろう？　種みたいなもの？　でもバターには種がないし。ああ、ギーってどうやって作るんだろう？　どの国にあるの？

バターよりもギーは腐敗しにくく、菜種油などと同様に保管が可能な場合もある。

え？　そうなの？　腐りにくいならありがたいよね？

料理への応用として、菜種油のように揚げ物に使用したところ火事になるところであった。

火事？　油は熱しすぎると火が付く。ギーは菜種油よりも火が付きやすい。同じ量を同じ時間火にかけた実験をしたところ、あっという間に火が付いた。揚げ物にギーは適さない。

……なるほど。

ドーナツという油で揚げるお菓子があるが、バターの香りがついて美味しくできると思ったが、揚げ油にバターを使うのは辞めたほうが良い。

ドーナツ？　油で揚げるお菓子？　何それ！

「楓、ドーナツの本ない？　ドーナツ！」

足をマッサージされているので自分で探しにいけない。頼りになるのは専属司書《ししょ》の楓だけよ！

「ドーナツですか？　あの、どこの国の言葉でしょうか……」

楓が弱い声を出す。

いきなり単語だけじゃ探しにくいよね。反省。

「えっと、わからないけど、お菓子。揚げ菓子みたいなの。だから、食べ物の本とか？」

「ああ、ドーナツは、私の国のお菓子ですよ。碧国《へきこく》で広く食べられているお菓子です。広くと言っても、高価な材料を使いますから、庶民はお祭りの日など特別なときにしか食べられませんが。お金に余裕がある家では気軽に食べるおやつという位置づけですね」

碧国出身の侍女が教えてくれた。

……頼りになるのは専属司書の楓しかいないなんて、馬鹿な事言ってごめんなさい。

私には、頼りになる人がいっぱいいる。

会話ってすごい。もちろん読書から得られる知識もたくさんある。呂国の外に出たことがなかった私にとって、他の国のことは本を読むことでしか知ることができなかったんだから。

でも、ここでは……。後宮には八彩国の人間が揃っているのだ。

「楓、ドーナツの本はもういいわ。今読んでる油の本に、頼んでおいた本が仙皇帝宮の地下図書館から届くの。他の油の本とゴムの本。それを読んで……ドーナツの本を読むとしてもその後よね」

うおお、読みたい本がいっぱいある。

っていうか、仙皇帝宮の地下図書館にいなくても、ここにいて本を届けてもらえば好きなだけ読みたい本が読めるじゃない！　何も無理して仙皇帝宮に行かなくてもいいのでは？　一生ここに住む！　年齢制限がないんだから！

でも、寿命はあるのよね？　死ぬまでにどれだけの本が読めるんだろう？

「やはり、仙皇帝宮を目指すしかないのか……」

手紙を書こう。仙皇帝宮で働くために。
『仙皇帝陛下様
早く結婚してください。
鈴華』

◆◆　◆◆　◆◆　◆◆

「け、結婚してって……鈴華……え？　どうして？」

鈴華から届いた手紙を見て声が上擦ると、兄さんが僕の手から手紙を取り上げた。

「ああ、仙皇帝妃の侍女として仙皇帝宮に来ることをまだ諦めてなかったのか」

すんっと、表情が抜ける。

だよね。僕に結婚してほしいっていう内容じゃないよね。

仙皇帝に誰かと結婚してくれって内容だよね。知っているけれど、鈴華の字でそう書かれた手紙に心臓が跳ねた。

「なぁマオ。あの計画を進めろよ」

兄さんの言う計画というのは、鈴華を仙皇帝宮に入れられるようにする計画だ。

「……う、ん……そのうち」

兄さんが大きくため息をついた。

「そのうちって、いつだ？　来年か？　再来年か？　俺たち仙皇帝宮にいる者の一年二年と、外にいる者の一年二年は全然違うんだぞ？　二年も経てば鈴華は二十八歳だ。ぐずぐずしていたらすぐに三十歳だ。いや、鈴華の話だけではない。一年二年の間に、鈴華がいれば解決できた問題があるかもしれない。何人、いや、何百、何千の人の命がお前がぐずぐずしている間に失われるかもしれないんだ」

わかっている。わかっているよ。

だけど……。

書類の横に置いた交換日記の上に手を置く。

鈴華と過ごす時間が心地いい。何気ない内容が書かれた交換日記のやり取りが楽しい。

僕が仙皇帝だと知られて……。鈴華とのその心地よい関係が失われてしまうのが怖い。

「もう少しだけ……。僕が仙皇帝だと告白する勇気が持てるまでもう少しだけ待って……」

はぁと兄さんがため息をついた。

「まぁ、俺も先代の仙皇帝だって言ってないけどな。ってかあいつは俺のこと宦官だと思ってるんだぞ？　実は男でしたとか言ったらどうなるかって考えたことがあるが……」

そういえば兄さんも正体を隠していたんだ。

「たぶん、鈴華は宦官じゃなかったのとがっかりすると思う」

「え？」

「なんだ、男だったのか。本物の宦官に合わせて！　とか言い出すかもな。で、そいつにいろいろ宦官について根掘り葉掘り聞こうとするはずだ……見せてとか……」

兄さんが頭を抱えてぶつぶつつぶやいている。

鈴華なら確かに、宦官についていろいろ知りたがりそうだけど。

会わせろと言っても、女官や侍女として顔を合わせている者が実は宦官でしたって言われたら、流石に鈴華も嫌だろう。

……嫌かな？

「まぁ、それで、男なのになんで後宮に入れるの？　と思うはずだ」

「そうか、それで兄さんが仙皇帝なんじゃないかと思われるってこと？　兄さんが仙皇帝のふりをしてくれるの？」

兄さんが首を横に振った。

「いや、俺を仙皇帝なんて思うわけないだろう。レンジュ……忍者だと呼ばれてるんだぞ？　忍者ってようは、影のことだ。スパイや間諜いろいろ国によって呼び方も役割も微妙に違うが、特殊な立場ゆえに男の身でも後宮に入れるんだと思って納得するだろう」

あー。そうかも。

僕たちはたとえ影でも男では後宮に入れないと知っている。影には女性も宦官もいるのだ。何も男の影を後宮に入れる必要はない。

「でも、まぁ、鈴華は気が付かないだろう。勝手にいろいろな理由をつけて思いたいように思うのが鈴華だ」

兄さんが何を言いたいのかわかった。

「別に、僕が仙皇帝だと言わなくてもいいということ?」

「ああ、俺も俺が先代仙皇帝で、今の仙皇帝の兄だということは言うつもりはないぞ」

兄さんの言葉にふっと気持ちが軽くなった。

「じゃあ、この作戦の一部はちょっと変更しなくちゃならないってことだよね……あと周りの根回しと……」

兄さんがぽんっと僕の頭を叩く。

「っていうか、つまりあれだ。鈴華はお前が仙皇帝だって知っても、驚きはしても態度を変えるようなことはないと思うぞ」

そうかな? 流石に仙皇帝様に対して失礼いたしましたとか、今までの不敬はお許しくださいとか、これからは失礼のないようにいたしますとか……言う……姿は、想像できない。

「そもそも、この手紙、仙皇帝を敬っているように見えるか?」

兄さんが鈴華が仙皇帝に宛てて書いた手紙を持ち上げる。

「まるで戦場から一刻も早く現状を伝えるために書いたような、短文。挨拶文も何もない。紙こそ上等なものを使っているが……」

ふっと、思わず笑いが漏れる。

マオ宛ての交換日記のほうがたくさん書かれている。文字の量だけで愛情を推し量れるわけじゃないけれど、マオのほうがよほど仙皇帝より好かれている。

いや、だからこそ、マオに対して仙皇帝に向けるような態度に変わられたらショックだ。

「それに、鈴華の外向けの顔は長続きしない」

兄さんがきっぱりと言い切った。

「どうせ、態度が変わっても初めだけだぞ？　すぐに苗子に『鈴華様っ』って叱られるだろうよ。ああ、最近はスカーレットやエカテリーナも鈴華教育に力を入れているぞ？　二人は味方だ。鈴華にとっても、きっと、お前にとっても」

味方……。

「今、二人は里帰りしているだろう？　数日の許可願いだったからすぐに戻ってくるだろうが、紅花の話だけをしに戻ったのではないかもしれないと俺は思っている」

「え？　というのは？」

「仙皇帝妃が選ばれた先の相談もしているのではないかと思っている。あの二人は賢い。俺やお前が気が付いたように、二人も気が付いているんじゃないか？」

兄さんが、官吏が仕分けした書類の中から手紙を取り出して僕の前に置いた。

姫からの手紙は、官吏に処理するようにお願いしている。もちろん最近では鈴華の手紙だけは封を開けずに僕に届けてもらっているが……。

スカーレットからの手紙には真っ赤なバラの花びらが透かしとして入っている紙を用いてある。

エカテリーナからの手紙には金箔が雪のようにまぶされている紙だ。

二人とも、丁寧な季節の挨拶から始まり、仙皇帝をたたえる言葉が続き、まるでお手本のような手紙だ。そして、最後にはきっちりとした締めの言葉。

美辞麗句で彩られ、直接的な言葉を使わず書かれた手紙の内容は、わずか五行。内容は二つ。

仙皇帝は妃をつくる気があるのか？

鈴華は素晴らしい！

「あー、これってつまり……」

「ああ、エカテリーナとスカーレットは、鈴華に妃になってほしいんだろう。だから、お前の味方だ。そして」

兄さんがにやりと笑った。

「俺の敵だな」

冗談めかして言葉を発する。

「で、まぁ、二人の里帰りは何らかの根回しなんじゃねぇかな？　と、俺は考えている。……だからマオ、さっさと覚悟を決めろ。妃にする覚悟じゃないぞ？　妃にするために口説く時間を確保する覚悟を決めろと言ってる。たったそれだけだ」

うっ。確かに、そうだ。無理強いはしたくない。

でも、仙皇帝が望めば嫌と言うことは世界中の誰にもできない。そうなれば、妃になる気のない鈴華に妃になれというのは無理強いに近くなってしまう。

だからこそ、口説く時間が必要なのだ。だから、兄さんの言う計画を実行すべきで……。

実行するには、僕が仙皇帝だと打ち明ける必要があって……。

騙していたと嫌われるのが怖い。鈴華の態度が変わるのが怖い。後宮を出て行ってしまって二度と会えなくなってしまうのが……怖い。

「覚悟が決まらないなら、俺に下賜してくれ。食べる菓子じゃないぞ、下げ渡す方の下賜だ。まぁ仙皇帝の後宮では今まで下賜した例などなかったが、制度としてはあるだろ？」

下賜とは、上の者から下の者へと下げ渡すことだ。

「そんな失礼なことできるわけないよっ！」

「まぁ、女性にとっては失礼な話だろうが、ここではまた話が違うだろ」

「違う、そりゃ鈴華にも失礼だけど……兄さんに、先代の仙皇帝だった兄さんにそんな失礼なことできるわけがない。まだ僕のほうがいろいろ教えてもらう立場で、兄さんには敵わないことがたくさんあるのに……」

その兄さんが鈴華を好きなんだったら、僕なんかが本当に鈴華と結婚してもいいの？

という思いもある。

「ばぁか。俺だって、仙皇帝になったばかりのころは、周りの人に教えてもらうことばかりだったぞ。いや、最後まで誇れるようなもんじゃなかった。大きな災害がなかったから、それなりに治められただけだ。四代前の仙皇帝のような歴史に名が残るような治世だったわけではない」

ぽんぽんと癖のように兄さんは僕の頭を叩く。

「それどころか、やり残したことも多いというのに、退屈だという理由でお前に仙皇帝の座を押し付けちまっただめな兄だ……」

「兄さん……」

だめなんて思ってないと、顔を見ると、ニッと笑った。

「ま、ってわけだから、遠慮なく下賜しろ。失礼でもなんでもないからな？　そうすれば、遠慮なく鈴華を仙皇帝宮に連れ込める。今は仙皇帝妃候補だから仙皇帝陛下を裏切らないようにしてるが」

「つ、連れ込むって、に、兄さんっ」

思わず不埒な考えが頭に浮かんで赤くなる。

「ははは、流石に手は出さないよ、例の作戦だ。お前が実行できないってなら、俺が実行するってことだ。……そうだな、三ヶ月の間にお前が動かないなら、俺が動く。わかったか？」

兄さんが真面目な顔をして僕の肩に手を置く。

「……わかった。これは言質《げんち》だ。兄さんに約束する」

「ふっ、三ヶ月もありゃお前も何とかするだろ？　仙皇帝宮で何年もかけて口説けばいいし、失敗したらそのときに下賜してくれりゃいいよ。下賜するのが失礼なことだと思うんなら、仙皇帝の位と鈴華をセットにして俺に渡してくれりゃいい」

「兄さん？　仙皇帝の位って……！　だって、兄さんは嫌だから辞めたんじゃ……」

「ああ、そうだな。代わり映えのしない退屈な日々が続くことにうんざりして辞めた。父のもとで百年補佐を務めた。その前の百年は帝王学を学びつつ仕事を覚えた。仙皇帝になったら何かが変わるのかと思ったが、何も変わらなかった。同じように仕事をこなしていくだけで、このまま年を取らないならいったい何年同じような日々が続くのかと思ったら……」

僕と兄さんはとてつもない年の差がある。僕が生まれる前の兄さんのことは知らない。

「後宮に足を運ぶのも、後宮に来る姫たちと話をするのも、退屈ですぐに後宮へ行くことはなくなったんだが……まさか、今になってこんなに楽しくなるとはな」

兄さんがやや乱暴に頭をくしゃくしゃっと撫でる。

「鈴華も面白いが、お前の今までにない様子を見ているのも楽しくて仕方がない。こんなに、弟ってかわいいんだなぁってのを、実感しているところだ」

むっとして兄さんの手を振り払う。

「かわいいって、子供扱いしないでください！」

「あははは、はー。いや、世の中は素敵だな！　長生きはするもんだ！　まだまだこの世は未知なる出来事でいっぱいだ！　退屈なんてしてる暇がないぞ！　弟がほっぺた膨らまして子供扱いするなって言ったんだ。あははははっ」

僕も、今までの薄く煙って見えた世の中が、今は澄んだ空気でキラキラ輝いて見える。

鈴華が好きだ。そばにいてほしい。

でも、兄さんが鈴華と幸せに生きていく姿を見るのも楽しいかもしれない。

ううん、本当は、結婚とか考えずに、兄さんと鈴華と僕と……。

三人で今のような関係がずっと続けばいいのに。

いつか、鈴華が恋心を持つまで。

十年でも百年でも千年でも、三人で過ごせたらいいのに。

◆◆　◆◆　◆◆　◆◆

「鈴華様、起きてくださいっ！　大変ですっ」

え？　何？　もう朝なの？

突然体を揺さぶられ、苗子の声で目が覚める。

「何、どうし……」

苗子は寝巻のままだ。よほど急いでいたのか、胸元がはだけて胸がちらりと覗いて見える。

「何、何があったの？」

あんなに胸がないことを気にしていたのに、それを気にかける余裕もないというのは、よほどのことだ。……というのに私はまっ平だ！　と衝撃を受け、一気に目が覚めた。

「火の手が上がっております」

「火の手？　火事？　え？　どこが燃えてるの？」

寝台から下りると、すぐに苗子が上着を羽織らせてくれる。

「白の宮です」

白の宮と言えば、黒の宮とはかなり距離がある場所だよね。

ほっと、息を吐き出す。

「流石にこちらまで火が回ることはないわよね」

あんまり苗子が慌てていたからすぐそこまで火が迫っているかと思った。

「確かに、白の宮の火がここまで回ることはないでしょう。しかし、火を落としてある時間帯なのです」

白の宮の様子が見えないかと、窓を開けて外を見る。

明け方？　確かに料理をする時間でもないようだ。まだ使用人が動き出す前の時間。

それなのに火の手が上がっているということは……？

「まさか、どじな子が火を消し忘れた？　それとも……本を読みたくてこっそり明かりをつけていて寝落ちしちゃって火事に……」

苗子がちょっと残念な子を見るような表情をしたけれど、すぐに私の手をつかんで引っ張る。

「蝋燭も油も勝手に使用することはできません。後宮の使用する物資は紙一枚だろうと記録されておりますので」

そっか。後宮って欲しいものを言えばなんでも手に入るけど、つまり言わないと手に入らないんだよね。使用人も、ちょっと宮を抜け出して街に行って買い物することもできない。

後宮に持ち込まれるものは、仙山に運ばれたあと仙後宮のしかるべき場所で厳重に検品して……といった手順があるはずだ。それは必要物資についても同じなのだろう。

仙皇帝様の身に万が一があればこの世が亡ぶとまで言われてるんだもんねぇ。

蝋燭一本とはいえ、使うには申請したりとか数の記録とかいるんだろうな。経費の計算のためにしてるけど、ここではちょろまかしてもすぐにばれてしまうんだろうなぁ。おちおち夜中のつまみ食いもできないってことよね。

苗子に手を引かれて、建物の外に出ると、白の宮あたりが明るくなっているのが見える。

黒の宮の使用人たちがバタバタと急ぎ動き回っている音や、悲鳴も聞こえる。

「水の用意を、ありったけのバケツに水を汲んで各所に配置しなさい」

苗子が走り回っている下働きの者を一人捕まえて指示を出す。

「掃除に使っているバケツでも洗濯に使っているたらいでも、野菜を洗うための桶でも、とにかく水を入れておきなさい」

ん？　苗子の言葉に首をかしげる。

白の宮の火を消すのを手伝うためにバケツを使うのではないの？　各所に配置？

「苗子、もしかして黒の宮でも火の手が上がると思っているの？」

苗子の体がぎゅっと硬くなる。

「火の気がない時間帯の火事など、不審火の可能性が一番高いですから……」

不審火。誰かが火をつけたってこと？

「犯人が捕まるまでは、他でも同じように火をつけられる可能性があります」

ああ、そうか。もし火がつけられたら建物の中にいたら危ないもんね。だから、苗子は私の手を引いて庭に出て来たんだ。白の宮の火が黒の宮まで燃え広がるなんてことはほぼないのに、大慌てだったのはそういうことか。

ふと、苗子の胸元に目を向けると、私の視線を感じてささっと合わせを整える。

うん、大丈夫。誰にも言わない。胸が思ったより小さくて、まるで子供のようだってこと。いや、大人なんだから男の人のよう？　思った以上にぺったんこだったの。誰にも言わない。

マリーンには教えてあげようかな。ペラペラな体しててもとても素敵な侍女がいるんだよって。

マリーン？　そうだ、マリーンは大丈夫なのかな？　白の宮はどうなってるんだろう？

走り出そうとしたら苗子に手をつかまれた。

「どこへ行くつもりですか！」

「えーっと」

「まさか、野次馬するつもりですか？」

火事に集まる野次馬って、まぁそう言われればそうだけど、私はマリーンが心配なだけで……。

火は小さくなっているように見えるから消火活動は順調なのだろう。

「まだ、他の宮が狙われる可能性があるのよね？　ってことは、逆に言えばもうすでに狙われた白の宮が一番安全なのでは？　同じところを狙って火をつけたりしないよね？」

苗子が、確かにそうかもしれませんと小さくつぶやく。

「どうせ建物には入れないんだから、庭にいるだけだから大丈夫」

と、強引な言い訳で苗子と白の宮の庭に来たけど……しまったわ。白の庭は雪。寒い……！

暖かさを求めてずんずんとつい火の光に近づいちゃうの、仕方がないよね。

と、結局火事の野次馬状態になって近づいちゃった。

「あ、あそこは……」

ゴム栓を見せてもらった場所が燃えてる。

侍女頭が真っ青な顔で声を張り上げている。

「確認は取れたの？　全員無事？」

「侍女は先ほど全員いるのを確認いたしました」

「調理場は全員いるの？」

「はい。消火活動を全員で行っております」

「下働きは」

「問題ありません、ほらマリーン、さっさとバケツを運びなっ」

消火活動をしている人の中にマリーンの姿があった。

よかった。無事みたいだ。

「そうかい、全員いるんだね……。じゃあさっさと火を消すよ」

意外だ。侍女頭が下働きの無事まで確認するとは……。

それから、すぐに火は消し止められた。建物は扉の一部と屋根が少しが焼け落ちているものの、食糧庫以外に被害はなかったようだ。建物に火がついて燃え広がったというより、燃えやすいもの……油とかが大きく炎を上げていただけのようだ。

火が消し止められたころには、ちょうど朝日が昇りあたりを照らしだした。

焼け落ちた扉から食糧庫の中が見える。

とはいえ、中は真っ黒だし、まだ煙が漂いよく見えない。扉付近の石畳の床に、瓶がいくつか転がっているのが見えたくらいだ。やはり、油が火を大きくしたのだろうか。

「あれ？」

床に転がっている瓶を見ると、蓋が残っているものと残っていないものがある。どういう違いがあるんだろう？

中身が違ったのかな？　それとも転がったタイミングや場所の違い？　単に栓が甘かったとか？　いや、もともと空だった？　外れた栓は？　それとも誰かが栓を抜いた？

「鈴華様っ！」

グイっと手を引かれる。

「火が消えたとはいえ、まだ熱いですし近づきすぎると危険ですっ」

苗子が後ろから私の体をつかむ。お腹に手が回され、一歩も先へ進めないようにと止めた。

「あ、うん、ごめん……」

知らないうちに、もっと良く見ようとかなり近づいてしまっていたようだ。

「これはひどい。原因はなんですか？」

後ろから凛とした男性の声が響く。

振り返ると、二十代後半に見える片眼鏡の男性が立っていた。両脇に槍を構えた屈強な男を従えている。後ろには片眼鏡の男と同じ制服の男が三人。

「仙捕吏長……！」

苗子が驚きの声を漏らした。

仙捕吏長？　捕吏は罪人を捕まえる人だから仙皇帝宮の捕吏ってこと？　長はその長官？

仙捕吏長の後ろの三人の男が燃えた建物の中を覗き込む。

「火元は建物の中で間違いないようですね。内側の燃え方が激しいです」

「火種を外から投げ込めるような窓もありませんね」

「ということは内部で火が起きた、もしくは内部で火をつけたことに間違いなさそうですね」

「この時間、誰かここを使用する者はいるか？」

三人はてきぱきと現場の検分を進め、集まっていた白の宮の使用人に尋ねていく。

「いいえ。ここは食糧庫になりますので、食事の支度に必要なものを取り出すのと、食糧を運び込むとき以外には使用しておりません」

「夕食が終わり片づけをした後から、朝食の支度が始まるまでの時間は鍵をかけてあります」

うんと仙捕吏が頷いた。

「鍵をかけた者は？」

「はい、私です。料理長に頼まれて、残った酒を戻して鍵をかけました」

「そのとき、明かりの火を消し忘れたということは？」

「いいえ、ランプを持って行きましたので。そのままランプは持って帰りました。もう暗くなっていたのでランプがないと暗くて戻れなかったので、忘れていくようなことはありません」

その言葉に、仙捕吏が別の者に確認するように目を向ける。

「料理長は私です。この子の言っている話は確かです。夕食は午後七時以降ですので、使用人の食事がすべて終わってから片づけると、早くとも八時。遅いと十時ごろになりますので」

と、犯人捜しのようなやり取りが続いている。

「ねぇ苗子、仙捕吏たちって、男？　それとも宦官？」

気になったので苗子にこそっと尋ねる。

「……鈴華様、普通は気になるのはそこじゃないと思います……」

苗子があきれつつも教えてくれた。

「仙捕吏は、男です。仙皇帝宮や後宮を含め、仙山で起きる事件すべてを担当しています」

「事件って、この火事はまだ誰かが火をつけたって決まったわけじゃないよね？　事故だった可能性もあるでしょう？」

と、ぼそぼそと話をしている間に、仙捕吏長が槍を構えた男に命じた。

「侍女頭を捕らえて牢へ」

え？　牢に？　いつの間に、犯人探しが終わったの？

「ま、待ってください、どうして私が！　私はやってませんっ！」

侍女頭が槍を突き付けられて叫んだ。

「安心しろ地下牢ではない。座敷牢だ。そこで改めて取り調べを行う」

え？　地下牢と座敷牢は違うって言ったって、牢屋は牢屋じゃないの？　何が違うんだろう。

「私も、牢屋に入りたい、どんなところか見てみたい……」

ぼそりとつぶやいたら、耳ざとく苗子に聞かれてしまった。

「鈴華様……、どこの姫が牢屋に入りたいなどと」

えー、気になるじゃん。

「だから、私は火をつけたりしていませんっ！　鍵は侍女頭ですから宮のすべての部屋のものを持っていますが、仕事上持っていただけで、犯人扱いされたんじゃたまったもんじゃないわ」

「犯人扱いではない。容疑者として取り調べるだけだ。証拠隠滅を行われては困るから身柄は拘束するが、待遇は犯人だと決まるまでは悪くはない」

今の言いぶりだと、容疑者が座敷牢で、犯罪者が地下牢になるってこと？　侍女頭は疑わしい人物だけど犯人と決まったわけじゃないのね。

「今ここで私が犯人じゃないって調べればいいでしょう。鍵を持っていたのは、私のほかに料理長と、あの子よ！」

侍女頭が、料理長とマリーンを指さした。

「料理長は食糧庫の鍵が必要となるのはわかるが、なぜ下働きが鍵を持っているんだ？」

マリーンがびくりとして肩を震わせた。

「あの、私、荷物を受け取って運び入れるのが私の仕事で……。新鮮な食糧が早朝届けられるので……その」

マリーンの話に、苗子がため息をつく。

「職務怠慢もいいところね」

職務怠慢？

なんで？　マリーンは毎朝荷物をちゃんと受け取って食糧庫に運んでるよね？

「その鍵を使って、夜中に食糧庫に忍び込んで火をつけたのよ！　マリーンが犯人よ。そうに決まっている！」

侍女頭の金切り声に、槍を突き付けている男が黙れとすごんだ。

「鍵を持っている者三名とも座敷牢で取り調べを行う。鍵を持っているだけでマリーンが犯人だと言うのなら、鍵を持っている侍女頭もその条件に当てはまるからな」

侍女頭は、目の前に突き出された槍をパンっと手で払った。

「私は犯人じゃないって言ってるじゃないっ！　マリーンよ、マリーンが犯人に決まってるわ！　マリーンは鍵を持っているだけじゃなくて、白の宮に不満もあったようだから」

侍女頭がポケットから紙を取り出し、仙捕吏長に差し出す。

「なるほど、移動希望届けか……確かに、移動の希望を出すというのは、白の宮に不満があるということだな」

そう言って、仙捕吏長がマリーンを見た。

移動希望届けって……。私が黒の宮で働かない？　と言ったから出したんだよね。

「わ、私、そんなことしてませんっ」

マリーンの言葉に、侍女頭と一緒にマリーンをいじめていた女性がにやりと笑った。

「この子は、ちょっと愚図なところがあって、たびたび指導が必要だったんですよ。少し厳しく指導しただけで、いじめられたとでも勘違いして恨んでも仕方ありません」

は？　あれが、指導？

「違うっ、あれは指導の域を超えていた！」

思わず声をあげると、仙捕吏長がこちらを見た。

「おや？　黒の宮の姫がどうしてこちらに？」

それから、手元の移動希望届けに視線を落として鋭い目つきでもう一度私を見た。

「移動希望先が黒の宮ですか。まさか、あなたが黒幕ですか？　近々白の宮へ姫が戻って来るのを阻《はば》もうと？」

「は？　なんで阻む必要なんてあるの？　友達になれないかなと思ってわくわくしてるのに！」

反射的に言葉を返すと、仙捕吏がくっと馬鹿にしたように笑った。

「友達？　馬鹿なことを。後宮の姫がお互いの足を引っ張り合うなど、常識ではないですか。友達のふりをしてつぶし合うものでしょう？　そんなに仙皇帝妃になりたいですか？」

馬鹿にしたような声だ。完全に私の言葉を疑っている。表情は見えなくてもわかる。

「黒の姫、鈴華様にも来ていただきましょうか？」

私の前に、槍が突き付けられる瞬間、苗子が私を背にかばうように前に出た。

「無礼者！　仙捕吏ごときが勝手に姫を連れていけるとでもお思いか！　疑うならば、それなりの手順を踏み、証拠を揃えたうえで仙皇帝陛下の許可を持って出直すがいい！」

苗子のどすの利いた声が、いつもよりも男らしく響く。いや、男らしいとは失礼な表現か。

「くっ、わかりました。では、手順通りにさせていただきましょうか？　その際は、苗子さん、あなたも覚悟したほうがいいですよ？　後宮に火を放つよう命じた者をかばったとしてただでは済まないでしょう。いくら、前仙皇帝のお気に入りだったあなたでもね」

え？　苗子が先代の仙皇帝のお気に入り？　身分違いの恋とか？　うお、ロマンスの予感！

「ち、違います！　鈴華様は関係ありません。私も火をつけたりしていません。鍵は確かに持っていましたけれど……」

はんっと、馬鹿にしたような声を出し、仙捕吏の一人がマリーンに話かけた。

「鍵を持っている者でなければなしえない犯行なんだよ。だったら、鍵を持っている三人が怪しいだろう？　やってないなんて口では何とでも言える。嘘でもな！」

男がマリーンの腕を乱暴につかんだ。マリーンが小さく痛っと声をあげた。

ひどい！

「まだ容疑者で犯人ではないのでしょう？　扱いは丁寧だというのは嘘なんですか？　だいたい

マリーンは犯人じゃない、そんなことをするような子じゃない、失礼を働かないでっ！」

マリーンのもとに駆け寄ろうとしたところを苗子が止める。

「かばうんですか？　やはり、二人の間には特別な関係があるみたいですね？　命じていないとはいえ、この下働きが鈴華様のためにと勝手にやった可能性、いや、勝手にやりましたと言う可能性はありそうですねぇ」

その言葉にカッとなる。

それは自分が勝手にやりましたと言うように命じていると私を馬鹿にする言葉だ。マリーンが犯人で、マリーンに命じたのはお前だろうと言われたようなものだ。

怒りで息が荒くなる。逆に、私を止めた苗子はすっと冷たくなっている。

「ライバルが減ればいいと思っているのは、銀国の姫様も同じでしょう？」

苗子が冷たい声で仙捕吏に詰め寄る。

「銀国の姫が、呂国の姫を陥れるために侍女頭に命じたという可能性だってあるでしょう？」

確かにそうだ。

「むしろ、そちらの可能性のほうが高いと思いますけど？」

苗子の言葉に、仙捕吏長がピリッとした空気を発する。

一触即発しそうだ。いや、もう苗子は静かに爆発してる？

「そもそも、鍵の管理は侍女頭の役割。料理長が食糧庫の鍵を所持していることは理解できますが、下働きのマリーンが鍵を持っていることは不自然では？」

そうなんだ？　まぁ確かに誰でも鍵を持てるとなると鍵の意味があまりなくなってしまう？

「そ、それは……」

「理由もなく下働きの者へ鍵を預けるなど、鍵の管理能力が疑われます。全く危機管理がなされなかったということでしょう。まさか、侍女頭ともあろうものが早朝、鍵を開けるためだけに毎日早起きをするのが嫌で鍵を渡しているはずないですよね？　まぁどちらにしても、マリーンが犯人だったとしても、その責任の一端は鍵を渡していた侍女頭にもあります」

うっと、侍女頭が言葉を詰まらせた。

「そればかりか、都合良く移動希望届けを持ち歩いていることもおかしなことです。通常その日のうちに働く者たちから出された書類はまとめて仙皇帝宮へと届ける決まりですよね？」

侍女頭が、何かを言おうとする前に、苗子が言葉を続けた。

「まさか、移動希望届けを握りつぶすつもりで提出書類から抜き出してポケットに入れていたなんて卑劣なことをしたわけないですよね？　いじめなどしていないと言っていましたし」

苗子の言葉に、仙捕吏長が忌々しそうに苗子の顔を見ている。まぁ正確には表情は見えないんだけど、なんか悔しそうな空気が伝わってくる。

「下働きが鍵を持っていたこともありえませんし、移動希望届けを持っていたこともあり得ません。そんなありえないことが二つも重なっているということは、それは偶然ではなく意図的に作られたことでは？　鈴華様を陥れるために仕組まれたと考えたほうが自然でしょう？」

え？　そうなの？　いや、でも辻褄は合う？

「白の宮の姫が命じたのか、勝手に侍女頭が行ったかは知りませんけど」

という苗子の言葉に、侍女頭が叫ぶ。

「違う、違う、違う、私はやってない！　姫様に何も命じられていないし、火をつけようと思ったこともないっ！　私は無実よ！」

うーん、そこまでして他の姫を後宮から追い出す意味ある？

仙皇帝様は姿すら見せないのに。競うも何もないよね？

苗子の言葉に、侍女頭への疑いが深まったようだ。そうそう、ちゃんと言っておかないと。

「マリーンが黒の宮に移動希望届を出したのは、私が誘ったからで、それは偶然よね？」

ふと疑問を口にすると、侍女頭が必死に訴える。

「そうよ、移動希望届けをマリーンは今まで出したことがなかった。仕事ができないのに、他の宮で働けるはずがないと言い聞かせていたんだからっ。偶然手に入れたのだから計画性はないわよっ！」

言い聞かせる？　いじめだって本気で気が付いてないの？　指導じゃないから。

「そうですね、侍女頭は馬鹿じゃないでしょう？」

苗子が前に出て侍女頭の正面に立つ。

「すでに鈴華様の人となりは調査させ性格についてもご存じだったのでは？　とすれば、スカーレット様やエカテリーナ様が里帰りをするこのタイミングで、庭を見て回ることは予想が付いたのでは？　そこで、下働きであるマリーンをいじめている場面に遭遇すれば鈴華様がどう行動をとるかと想像するのは容易だったのでは？　マリーンに鈴華をここまで連れてくるように命じていたのでは？」

マリーンと侍女頭が組んでた？

「すべてが鈴華様を陥れるための作戦の一端ということだって考えられる」

苗子の言葉に、ふるふるとマリーンが小さく首を振っている。そして侍女頭が違う違う違うとぶつぶつとつぶやき続けている。

「仙捕吏長、このようにいくつもの可能性があり、何が真実なのかわからない状況で、よく調べもしないで、我が姫を疑ったことを後悔しないといいですね。手順を踏まず槍を向けたこと、処罰されないといいですね」

苗子の言葉に、仙捕吏長が悔しそうな声を出す。

「おい、行くぞ。お前たちは現場保持に残れ。鍵を持っていた三人は座敷牢に連れて行って取り調べだ。お前たちは他の使用人に話を聞いておけ」

槍を持っていた男が侍女頭とマリーンと料理長を連れていき、仙捕吏の男が残り食糧庫の入口に立って人の出入りを監視したり使用人に聞き取りをするようだ。

立ち去る仙捕吏長の後ろ姿を見ながら、苗子に宣言する。

「マリーンは犯人じゃない。助けたい」


あれから三日。

「まだ、マリーンは解放されないの？」

どこからか情報を入手してくれる苗子がお茶を出しながら話を聞かせてくれる。

「はい。どうも、犯人が見つからないようで」

「ううーっ！」

思わず頭をかきむしる。

「鈴華様っ、せっかく整えた御髪が！」

「ああ、もう、髪なんてどうでもいいのよ、苗子！　どうしたらマリーンを助けられる？　ねぇ、私、助けたいと言いつつも何もしてあげられない。聞かれればいくらでもマリーンは犯人じゃないと思うって言ってあげるのに、何も聞かれないし……。犯行現場に何か手掛かりがないかと見に行っても門前払いされちゃうし……」

「はぁ、仕方がありません。少々お待ちください。レンジュを呼びますので」

「え？　なんでレンジュを呼ぶの？」

「レンジュが一緒であれば立ち入りが制限される場所はほとんどありませんから」

そういえば、嫁になれば仙皇帝宮にも入れるようなことを言っていたけど……。

レンジュって本当に何者なの？　宦官で、影みたいな役割の人だと思ってたけど……。

もしかして、影の長みたいな？　結構偉い人だったりする？


「なんだ鈴華、俺を呼び出すなんて。そんなに会いたかったか？」

ニヤッと笑いながらレンジュが天井裏から下りてきたのはそれから四半刻後。

「待ってたよ、遅いよレンジュ、待ちくたびれたよ！」

レンジュの手をぐっとつかむと、レンジュが動揺したように体を震わす。

「何？　え？　そんなに歓待されるなんて。あれか？　会えない時間に好きだという自覚が芽生えるあれか？　押してだめなら引いてみな的な？」

レンジュが笛子に何かを確認するように話しかけている。

「早く行きましょう！」

「え？　どういうこと？　俺、どこに連れていかれるんだ？　寝室？」

レンジュが私をグイっと抱き上げた。

「流石に女に手を引かれて寝室に入るなんてできないからな」

ちょ、これ、お姫様抱っこだ。

うわー、レンジュって力もあるんだ。って、そんな場合じゃないっ！

「寝室じゃなくて事件現場は食糧庫！　下ろして。自分で歩いたほうが早いからっ！　早く行きましょう！　白の宮の食糧庫に！　手掛かりがなくなったらどうするの？」

レンジュが私を下ろしながら苗子に尋ねる。

「ちょっと待て、どういうことだ苗子？」

「ああそうでした。後宮ではレンジュは他の者に姿を見られないようにお過ごしでしたね？　うっかり忘れていました。鈴華様、レンジュはご一緒できませんので、許可だけいただきましょう。火事現場である白の宮の食糧庫に立ち入る許可を」

はぁーと、レンジュが大きなため息をついてから、椅子に腰かけた。

あろうことか私が飲みかけていたお茶をがぶがぶと飲み干す。ちょっとぉ！　勝手しすぎ！

「忘れてたなんて嘘だろ苗子。わかったわかった。事件のことを俺から話せってことだろ？」

「え？　レンジュは何か知ってるの？」

急いでレンジュの前の席に腰かける。

「鈴華、それが調べても何も出てこない」

「は？」

「鍵を持っていなかった者が鍵やドアを破壊して中に侵入した形跡もなければ、三人が所持していた鍵が誰かに盗まれた痕跡もない」

「何？　それって結局、鍵を持っていた人の誰かが犯人ってこと？　マリーンは違うわよ！　そんなことする子じゃないっ！」

　私の言葉に、レンジュが首をかしげた。

「なぜ、そう言い切れるんだ？　大して接点もないだろう？」

　レンジュの言葉に、私とマリーンとの出会いを話した。

「私ね、思い出したの。侍女頭は私を見ても黒の宮の姫だと気が付かなかった。マリーンはすぐに気が付いたのに。だから、侍女頭とマリーンが手を組んで私を陥れようとしていたことはまずない。マリーンとは偶然会っただけなのは間違いない。瓶の蓋のゴムというものに興味を持ったのだって予想出来なかったはず」

　そういえば、あのとき私がそもそもマリーンの服装に興味を持ってブーツを触ったりしなかったら、名前も知らないままだったかも。

「マリーンは、私に失礼なことをしないようにとても気を使っていたし、頭の回転が速くて。そう、食糧庫に行ったのだって、機転を利かせて空の瓶のゴムを見せてくれようとしたからだし」

　レンジュが私の頭を撫でた。

「鈴華は人をすぐに信用しすぎじゃないか？　お前にかかっちゃ悪人はいなくなりそうだな」

　レンジュが私の頭を撫でながら言葉を続ける。

「鍵を持っていた侍女頭は、白の宮で事件が起きて誰かが怪我をしたり亡くなったりすれば宮が閉鎖され職を失うことを知っている。わざわざ自分が失職するようなことをすることはないだろうと見ている」

そういえば、事件ではなく自殺だとわかるように遺書を書けとマリーンに言っていた。

思い出してぎりりとこぶしを握り締める。

……火事が起きたときに、全員の無事を確認したのは何も下働きの者まで心配していたわけじゃないのか。ちょっと見直したのに。だけど、それが逆に侍女頭が犯人じゃない証拠と言われれば納得せざるを得ない。自分に害が及ぶとわかっていて火をつけるとは思えない。

「それから料理長にはアリバイがあった。本人は黙秘を続けていたが、とある宦官から自分と一晩中一緒だったと証言があり、本人もそれを認めた」

「え？　なんでさっさと言わなかったの？　宦官とグルで本当はアリバイがないんじゃないの？　怪しいんじゃない？　だいたい、一晩中一緒とか、何してたっていうの？」

苗子が真っ赤になっている。

「あー、宦官と一晩中一緒ってのは、あれだ。人には言えないことをしてたんだよ」

レンジュが視線を泳がしている。

「は？　人に言えないことってそれこそ犯罪じゃないの？　ねぇ、苗子もそう思うでしょ？」

苗子はますます顔を赤くして私から視線をそらした。

「おい、苗子……言っておくが、鈴華が教えてくれと言っても教えたりするなよ？」

なぜかレンジュがちょっと怒ったような声を出す。

「何よ、もう、レンジュがはっきり教えてくれないからでしょ。苗子を責める話じゃないし。っていうか、人に言えないことって何？　苗子が教えてくれないならレンジュが教えてよ」

レンジュが私の鼻をつまんだ。

「今は、無理だ」

今は無理？　ってことは時間がかかる話なのかな？　今は事件のことが大事だもんね。

「まぁとにかく、その宦官からも鍵を誰かが持ち出したりすることはなかったとの証言も得ている。そして、最後にマリーンだが……」

ごくりと唾を飲み込む。

「アリバイを証言する者はいなかった」

「え？　なに？　まさかマリーンが犯人だって言うの？」

レンジュが首を横に振った。

「いいや。犯人だという証拠も見つかっていない」

よかった。とホッと胸を撫でおろすとレンジュがはぁと小さくため息をつく。

「ここまでくると、未解決事件として処理される可能性が大きいだろうな」

「未解決？　犯人が見つからないまま終わるってこと？」

レンジュが私のほほに手を当てた。

「犯人である証拠が見つからないまま終わるってことだ」

何が違うの？

「調査期間は十日ほどだ。その間に犯人が特定されなければ、鍵を持っていた三人は仙山を下りてもらうことになるだろう」

仙山を下りる？　それって……。

「犯人扱いってこと？　なんで？　どうしてっ！　鍵を持っていただけでそんなの、そんなの、ひどいっ！」

「夜間に食糧庫には怪しい人間が出入りすれば結界に引っかかるはずなんだ。だが、何の反応もなかった。こじ開けたような痕もない。つまりは、鍵を所持していて、結界に引っかからない登録されている者しか出入りしてないことになる」

結界に引っかからない者で、鍵を所持している者以外が入れなかったたって、結局三人のうち誰かが犯人だと言いたいの？　あ！　そうだわ……！　きっとそうよ！

「でも……鍵を持っている侍女頭は自分が仙山を追い出されるような馬鹿なことをするはずがない。料理長はアリバイがある。マリーンはそんな人じゃない。全員犯人の可能性がないよね！だったら、答えは一つじゃない？」

レンジュが小さな声で苗子に同意を求めるように口を開いた。

「普通はマリーン一択だよな？　白の宮に恨んでいるという犯行動機まである。侍女頭が仙山をこれで降ろされるなら恨みも晴らせるだろうし」

苗子は答えない。

「レンジュ違うよ。密室殺人って知らない？　いろんなトリックを使って、誰も入れないはずの部屋の中で人が死んでいるの。推理小説の定番の話よ？　たくさん本を読んだから、いろいろなトリックを私は知っている。きっと、何らかのトリックを使って火をつけたに違いないのよ！」

レンジュがはっと大きな笑い声を漏らす。

「はは、小説にあるような事件が起きたって言うのか。鈴華らしい考え方だな。だが、外部から火はつけられないという結論が出てるぞ？」

「窓がないとかそれくらいしか見てなかったじゃないのっ！　もっと細かく調べたら何か出てくるんじゃない？　例えば油をしみこませたひもを外まで引っ張ってきて火をつけて燃やす。ひもなら窓がなくても実行できるんじゃない？　あとは、線香を使えば、犯行時間にその場にいなくても時限式に火をつけることができるはずよ！」

名探偵鈴華様爆誕。

「鈴華様、ひもも線香も、自由に手に入れることはできませんので……」

くおっ、そうだった。後宮は物が簡単に手に入る場所じゃなかった。

「じゃあ、あるもので何とかしたのよ！」

「あるものってなんだよ」

レンジュがあきれ顔をしている。

「もうっ！　とにかく現場よ！　何かヒントがあるかもしれないからって、そもそものためにレンジュに来てもらったんだったわ。食糧庫に入れるように許可を取ってもらえる？」

「しゃぁねぇ。ちょっと待ってろ」

レンジュが天井裏に姿を消して十分ほどで戻ってきた。仙捕吏の制服を着て。

「何、その恰好……」

「似合うか？」

「似合わない」

「そうか、まぁいい。行くぞ。ほれほれ」

レンジュに手を引かれながら、首をかしげる。

まさか、レンジュと一緒ならどこにでも立ち入りが可能って、変装するからってこと？


白の宮の食糧庫に到着すると、入口で仙捕吏長が仙捕吏と話をしていた。

仙捕吏長はレンジュの姿を見ると無表情で小さく頭を下げる。

仙捕吏長にまた何か言われるかと思ったけど何も言われなかったので早速調査。

まずは外側から。木製のドアは一部が燃えてしまった。そして蝶番《ちょうつがい》が外れてしまっているけれど、壁は無事だ。レンガが積んであるから燃えなかったのだろう。

「びっちり隙間がないわね……」

「まぁ、ネズミに食糧を荒らされないように隙間なく作られてるからな。ほれ、明り取りも鉄板に小さな穴が開いただけの窓だ」

レンジュが指さした場所を見上げれば、軒下のレンガの間に鉄板が埋め込まれている。

中に回って内側からその部分を見れば、外の光が穴から入ってくる。

「光は入ってくるんだ」

大きな窓ではないからそれほど明るくはないけれど、目が慣れればいろいろなものが見えるくらいには明るいのだろう。棚や地面に穴を通った光が水玉模様を作っている。

壊れたドアは開け放たれているので中の明るさは十分だ。光が瓶に反射してキラリと光る。

「あ！　ひらめいたわ！　ガラス、これよ！　これが犯人だわ！」

ガラス瓶を一つ持ち上げる。

「本に書いてあったの！　ガラスを通して光を集めると、火がつくって！」

レンジュがうんと頷いた。

「ああ、それなら、光が集まる場所に瓶を並べておけば、それで火がつくか……」

でしょ、でしょ！　名探偵鈴華爆誕！

「火が上がったのは夜ですよね。太陽は出ていません」

苗子の言葉に、がっかり。爆誕しなかったよ。

「いや、だが苗子。今の鈴華の言葉は貴重だぞ。確かに、人が火をつけなくても燃えることがあるということだ。例えばそうだな、雷が落ちても火がつくよな?」

「あの日は雷の音などしていなかったと思いますが?」

苗子の言葉に、仙捕吏長が口を開いた。

「雷が落ちたような痕跡があれば、すぐに私たちが気が付きますよ。この三日かけて現場はしっかり確認しましたからね」

「へぇ、しっかり現場を確認したの? じゃあ、火元はどこ?」

仙捕吏長は中に入って、一番奥の壁を指さした。あそこですよ。燃え方が一番ひどい」

確かに、レンガの壁は黒焦げだし、その場所にある木製の棚は三段目まで焼け落ちて、そこにあった瓶や壺が散らばっている。消火のためにかけた水が乾かず、まだ湿った状態のようだ。

「で、あの火元には何が置いてあったの?」

「は?」

激しく燃えたのか、何があったのかよくわからない状態になっている。

は? じゃないよ。

「何もなかったら、レンガの壁も石造りの床も何も燃えないじゃない。棚が火元じゃないなら、床の上の何が燃えたっていうの?」

「そんなもん、犯人が燃えるものを持ち込んでそこにおいて火をつけたんだろう。何を持ち込んだまでわかるわけがないだろう」

仙捕吏長の言葉に、レンジュがあきれたように口を開く。

「……調べてないのか？　全く燃え残っていないのか？　燃え残りがないのか隅から隅まで調べれば何か見つかるかもしれないだろう。それが誰にでも手に入るものなのか、一部の人間にしか手に入らないものなのかで犯人につながる手掛かりになるかもしれないだろう？」

だよね。蝋燭一本でさえ管理されてるんだもん。その何かの入手経路から犯人がわかるかもしれないよ。

「それに、もしかしたら不都合なものを燃やしていたことも考えられる」

不都合なもの？

「裏金の帳簿とかな……。人目につかず、夜は人の侵入の心配もない。もしかすると……」

レンジュが見張りを睨みつける。

「白の宮担当の仙皇帝宮の官吏が不都合なものをここに隠していたか？　姫が来ることで人の出入りが活発になるため発覚を恐れて処分したんじゃないのか？　それを知られるのを恐れ慌てて燃やしたが思った以上に火が回って火事を起してしまった。確か、仙皇帝宮にもここに出入りできる者がいるよな？　そいつに頼まれて調査をいい加減にしているということか？」

青い顔をした仙捕吏長に、レンジュが冷たい声を投げかける。

「お前も、犯人の片棒ということか？」

「ち、違いますっ」

「じゃあ、もっとしっかり調べろ。ここに何が置いてあったのかまずは話を聞け」

「はいっ、直ちにっ！」

仙捕吏長は白の宮で働く人たちを集めるように使用人に声をかけた。

「ちょ、苗子……不正の証拠を始末するための事件の可能性があるって本気かな？」

「まずないでしょうね。いくら官吏が食糧庫に出入りできると言っても、仙皇帝宮への出入りはチェックされますから」

だよね。後宮にほいほい勝手に男が入り込むわけないよね。

「だったら、レンジュはどうしてあんなこと言ったの？」

「まぁ、調査がずさんだということに釘をさすのが目的でしょうね」

そうだよね。マリーンが犯人だと決めつけて、処分することとありきみたいな。

白の宮の使用人が集まったところで、苗子が質問を始める。

「火元となったあの場所に、何が置いてあったか知っている者はいますか？」

料理人の服装をした人がすぐに答えた。

「特に何も置いてなかったかと思います」

苗子が確認のため別の人に尋ねる。

「それは本当ですか？」

「奥の棚は、保存用の食糧が置かれていて、油や酒などですので、毎日のように頻繁に物を出し入れすることもありませんが、それには理由があって、入口から遠いので暗くて目が慣れるまでは見難い場所なんです。特に足元は……ですから不便な場所に物を置くことはないです」

なるほど。明り取りの穴の開いた鉄板は軒下の高い位置にあり、足元は目が慣れても見難い。それに、食材を地面に置くというのは衛生面を考えてもあまりよろしくないだろう。

「あ、あのっ……」

下働きの女性がおずおずと手をあげる。

「最近、床に油がこぼれていることがあったので、それをふき取る雑巾が置かれていました」

「雑巾？　食糧庫に雑巾が必要だと報告は上がってないけれど？　備品記録は？」

侍女頭代理が年配の女性に声をかけるとすぐに返事が返ってくる。

「白の宮への支給品と在庫の数が合わなかったのは侍女用の帯が一本と靴ベラが一つ、それから紅茶の茶葉が一缶です。すでに解決済みです。雑巾について毎月の使用量に差はなく、在庫に不足もありません」

仙捕吏長がはっと笑った。

「なるほど、じゃあ、火をつけた犯人が雑巾を盗んでここに置いて油をしみこませて火をつけたんだろう。すぐに雑巾が盗まれていないか調べろ」

どや顔をする男に、下働きの女性が言いにくそうに口を開く。

「いえ、あの……油を拭いた雑巾は洗って使うこともできなくなりますので、もともと捨てる予定だった雑巾を再利用しています……」

仙捕吏長が恥をかかされたとばかりにカッと顔を赤くする。

「じゃあ、ここに雑巾があることを知っていた人間が犯人だろう！　火をつけるのにうってつけだと思ったに違いないっ！」

仙捕吏の言葉に、ぽんっと手を打ち思わず叫んだ。

「なるほど！　そうですね！　うってつけ、その視点が欠けてましたね！」

「そうでしょう。鈴華様」

にやにやと笑う仙捕吏長に背を向けて食糧庫から外に出る。他の者も後に続く。

「火をつけるのに、食糧庫って、うってつけじゃないと思わない？」

白の宮の庭には背の低い植物が多い。雪が積もっている場所は木の枝から雪が落下して人が埋まるのを防ぐため。

雪が積もっていない場所も気温が低いので木陰を作る木は必要ない。むしろ日光を遮らないように背の高い木は植えられていない。

「この食糧庫の入口は、庭を通らないと入れないような作りになっている」

もしかしたら食糧の盗難や食糧への毒の混入を防ぐためにこのように出入りするのに目立つような配置になっているのかもしれない。気になるな。後で苗子に聞いてみよう。

「庭には身を隠すような場所がない。さらに食糧庫には鍵がかかっている。壁はレンガで床は石畳という燃えにくい素材。火をつけるのに本当にうってつけかな？」

レンジュが私の頭に手を置いた。

「はっ、確かに、食糧庫に火をつけた犯人は誰かの前に、なぜ食糧庫を選んで火をつけたのかって話があるわな。火をつけやすい場所につけたってならわかるが、つけにくい場所を選んだのはなぜか……か」

レンジュが仙捕吏長に視線を向ける。

「〝人目につかない場所で不都合な物を燃やしたかった〟って線が消せないみたいだな」

「ええ！　それって、ちゃんと調べなかったのは仙捕吏長さんも不正をした者とグルだって疑いがあるって話になって、仙捕吏さんも疑いを晴らせない限り仙山から追い出されるってこと？」

思わずレンジュに尋ねる。

「なぜ私がっ！」

仙捕吏長が大きな声を出した。

「だって、マリーンは犯人だって証拠がないけど犯人じゃないって証拠もないから鍵を持っていただけで仙山を降ろされるんでしょ？　だったら、同じように不正をしていないっていう証拠がない限り仙捕吏長さんも仙捕吏たちも同じように処分されるってことでしょう？」

仙捕吏長が大きな声を出した。

「そんなっ、そんな馬鹿な！　私は不正には関わっていない！」

「マリーンだって同じようにやってないって言っても処分されるんだよね？」

仙捕吏長が真っ青になっている。

「あはは、鈴華。流石に仙捕吏たちが同じように処分されるわけないだろう？」

レンジュの言葉に仙捕吏長がちょっとほっと息を吐き出す。

「不正が行われていたならば、徹底的に調査し、関わった者には厳重な処分が下される。本来調査する側の者が不正に関わっていたとなれば、仙山を下りるといった生ぬるい処分で終わるわけがない。とりあえずは、疑いが晴れるまで地下牢行きで調査続行というところが妥当か？」

がくりと仙捕吏は両膝をついた。そして、レンジュにすがるように手を伸ばす。

「任虎様《レンフー》、私は本当に不正になど手を染めるようなことはしておりません」

両目に涙がたまっている。

っていうか、レンフー？　レンジュだよ？　間違えてるよ？　違った、レンジュって私が勝手に呼んでるだけだっけ。

「じゃあ、成すべきことをして信用を回復することだ」

「は、はい。しっかりと調査して必ずや犯人を見つけ出します。それまでは三人の処分は保留といたします」

やった！　マリーンがいきなり仙山を降ろされることがないんだ！

「じゃあ、一緒に犯人を見つけましょう！」

レンジュに伸ばしていた仙捕吏の手をがしっとつかむ。

「まず、聞きたいんだけど、裏帳簿とかって、どういうもの？」

私の質問に、仙捕吏が泣き出した。なんで？

「鈴華様、いきなり犯人扱いは可哀想かと……」

苗子がため息をついた。

「犯人扱いなんてしてないよ！　裏帳簿って本？　それとも、帳簿といいつつ暗号みたいなものを木に書き込んであるとか、布に刺繍してあるとか、どういったものなのか教えて？」

仙捕吏がぐっと袖口で涙をぬぐい、片眼鏡をきゅっとハンカチで磨いて立ち上がった。

「私が今まで捕まえた者たちが所持していた裏帳簿はすべて本の形をしておりました。紙を重ねて綴じたものです。巧妙に隠そうと革張りの表紙がつけられていたものもありました」

「そっか、やっぱり本の形をしてるのね！　裏帳簿本……ねぇ、今度押収した裏帳簿見せてもらえない？」

苗子のあきれたような声が聞こえてきた。

「本であればなんでもいいとはいえ、流石に裏帳簿を見たがるとは……」

だって、本物の裏帳簿を見る機会なんて他になくない？

「ねぇ、仙皇帝宮の巨大地下図書館には歴代の裏帳簿も保管されてたりするの？　レンジュ、だったら次は各国の歴代裏帳簿を呂国図書館に持ってきてよ！　どの時代のどの国がどういう項目で裏金を作ったのかとか見比べたらすごく楽しそう！　あ、でも裏帳簿だけだとどの辺が裏側なのかわからないかな？　本物と見比べないと……うーん、困ったなぁ……」

と、頭を悩ませていると、仙捕吏が小さな声でレンジュに尋ねている。

「あ、あの……任虎様、歴代の裏帳簿を見比べたいとは……？　まさか、過去にさかのぼって仙捕吏にも不正があったかとお疑いなので……？」

「あー、うん、気にするな。ただの趣味だ」

おっと、いけない。今は趣味に走ってる場合じゃなかった。

「えーっと、じゃあ、ちょっともう一度現場見てくるけど、ランプください」

ランプを受け取り食糧庫の奥へ。ランプの明かりで先ほどよりもしっかりと内部を見る。

「あー、なるほど。なるほど」

「何がなるほどなんだ？」

私の後ろについてきたレンジュの問いに、きっぱりと答える。

「本は思った以上に燃えにくいって知ってる？　紙は一枚だけなら燃えやすいけれど束になると燃えにくいの」

レンジュが変な顔をした。

「……本当よ！　昔、いじわるされて大事な本を暖炉に放り込まれたことがあるの。それを聞いたのが一刻ほど経過した後。泣きながら暖炉を覗き込んだら、本が半分以上燃え残っていたのよ？

だからね、棚の燃え方からすれば、本が姿かたちもないくらい燃えてなくなっているとは考えにくい」

仙捕吏長の顔色が少し良くなっている。

「油をしみこませるなどして、燃えやすくしたのでは？」

苗子の言葉に首を振る。

「本に油をしみこませるのは結構大変なのよ。ほら、うっかり本にお茶をこぼしても、中は無事だったりするでしょ？　中心部にまでしみこませるには時間がかかるのよ。まぁ、一ページずつめくってしみこませれば別だけど現実的ではないよね？」

「油なら、ここにたくさんありますし、現に空の瓶が多数転がっていましたから不可能だと言えなくもない」

仙捕吏長が私の言葉を否定した。

「そういえば転がっていた瓶は？」

仙捕吏が少し離れた場所に置いてある木箱を持ってきた。

「この中に。棚板が燃え瓶が床に落下したにしては割れていないため火が燃え上がりやすいように油をまいたと考えられます」

妙に仙捕吏の口調が丁寧になった。そして、なぜかレンジュでも苗子でもなく私に対して話かけている。初めは私が黒幕だとか言ってたのにね。何の心境の変化？

木箱の中には十本ほどの瓶が入っていた。

蓋が開いているものもあれば蓋が開いていないものも。

「外で見ていい？」

もっと明るいところで見ようと木箱に手をかけると、仙捕吏長が運びますと持ち上げて運んでくれた。せっせと働く仙捕吏長。うーん、仙捕吏に命じればいいのに、どうしちゃったの。

「苗子、この瓶の口についてるものは何だと思う？」

明るいところで確認すると、空いている瓶の周りには何かがこびりついている。

一方栓が閉まっている瓶には付着していない。

苗子はわからないと首をかしげた。

「もしかしたら犯人の手に何かついていて瓶を開けたときに付着した証拠品？　そこまでは考えが及びませんでした。さすが鈴華様！」

ん？　証拠品の可能性もあるのかな？　仙捕吏の言葉に首をかしげる。単に何だろうって思っただけだけど？　っていうか、今、仙捕吏長に褒められた？　なんで？

「もしかしたら、ゴムが溶けてついたのかもしれません」

白の宮の使用人の言葉に、木箱の中の瓶を見る。

「床に転がっていたのはこれだけ？　瓶以外には何があったの？　コルクは？」

木箱から瓶を取り出して底にコルク栓がないかと確認するけれどもない。

「いえ、見当たらなかったかと」

「……火が燃え広がるように油をばらまいたというのはなさそうね……」

名探偵鈴華爆誕計画発動！

「それはなぜ？」

「今ここに残っている瓶、中身が残っているのはコルクで栓がされている。栓が開いているのはゴムで栓をしたもの。ゴムが溶けて燃え残ったものが口あたりに付着しているのが証拠。コルク栓の瓶であれば燃え残ったコルク栓が一つ二つは落ちていてもいいはずなのにそれがない」

仙捕吏長が私の言葉の先を続ける。

「なるほど！　やはり棚が崩れて床に転がっていただけということですね。中身が空になっていたのは蓋になっていたゴムが燃えて流れ出しただけ。コルク栓よりもゴムが燃えやすかったと……。なるほど……そういえば、棚の下のほうの瓶は縦置きではなく寝かせて置かれていますね。ならば、棚が焼け落ちたときにコロコロとそのまま転がり出て、割れるようなことはなかったと」

うわーん。名探偵鈴華の見せ場が！　うぬぅ。仙捕吏長め！

「鈴華様、流石でございます。ゴムという新しい素材にも注目するとは。私ども仙捕吏は過去の事例にとらわれすぎて、頭が固く新しい知識も乏しく、柔軟な考え方もできずにいたようです」

仙捕吏長がキラキラした目で私を見ている。

「この職に就いておよそ百年。経験こそ事件を解決に導く力だと驕り高ぶっていたことが恥ずかしい」

仙捕吏が私の前で片膝をついた。

「鈴華様……後宮を辞するときにはぜひ私にお声がけくださいませんか？　私にはあなたのような方が必要で」

ゴチンと仙捕吏の言葉の途中でものすごい音がした。レンジュが仙捕吏の頭を叩いていた。

「お前の出番はない」

仙捕吏の出番はない？　それは、もしかして、レンジュはすでに犯人がわかったと？

「任虎様、どうして？」

「俺が、鈴華を連れていく」

レンジュの言葉に仙捕吏が驚いている。

「ほら、戻るぞ！」

レンジュが私の手を引っ張る。……って、連れてくって部屋に戻るって話？　まだ事件は解決してないのにぃ！　名探偵鈴華爆誕前なのにぃ！　ちょレンジュっ！

部屋に戻ると、天井裏からレンジュが油とゴムの本を持ってきてくれた。

そうだった！　地下図書館から本を持ってきてほしいと頼んであったんだ！　スカーレット様とエカテリーナ様が戻ってくるまでに紅花油を使ったレシピを調べようと思っていたのと、ゴムは便利そうだから呂国でも利用できないかなと思って。

「ありがとう、レンジュ！　わざわざ戻って届けてくれるなんて大好きっ！」

レンジュが両手を広げてにこにこしている。

「何？」

「いや、感激して俺に抱き着きたくなったかと思って」

「ごめん、私、本を早く読みたいから」

レンジュの横を素通りして本を手に取ると、レンジュがため息をついて天井裏に姿を消した。

ゴムに関する本が二冊に、油の本が十八冊もあった。

油の本は、食用油の本が十三冊。植物性油と動物性油が半々。食用じゃない油が五冊だ。

油の仲間には常温で液体の油、個体の脂、個体で安定性の高い蝋がある。

「へぇー、蝋燭も脂の一種なのか。そういえば、食糧庫にあったのは何の油なんだろう？」

簡単に本をペラペラめくって目次を見てどの本から読もうか考える。

「ゴムにしよう」

瓶の口にゴムが溶けてべったりくっついていた。

どうやら温度で硬さが変わるらしい。暑いとどろっとする……。熱いと溶ける。

「なるほど。じゃあ、暑い国ではゴムは使い勝手が悪いのね。とはいえ、寒すぎても硬くなりすぎてだめなのか。コルクに比べて使い勝手が悪そうね。寒すぎず暑すぎない銀国の食糧庫だから使いやすいってことかな？　呂国ならどうだろう。少しゴムを分けてもらって、一年を通して様子を観察してから使ったほうがよさそうね……他に……」

ん？　んん？　非常に気になる記述に目が留まる。

「苗子、苗子ぉ～！」

図書室から飛び出して苗子を探す。

「どうされました、鈴華様？　……そのように、マナーを無視して廊下を走るなどよほどのことなのでしょうね？」

チクリと言われたけれど、そのよほどのことなので気にしないよっ。

「ほら、これよ、これ。ゴムの性質に関しての記述」

苗子が私が指さした場所を読む。

「なんと書いてあるのですか？」

私の後をついてきた楓が尋ねた。

あ、そうか。共通言語でも呂国の言葉でもないから楓には読めないのか。

「油でゴムは溶けると書いてあります。油の種類によって溶け方に差があるとも」

苗子が答えた。苗子は難なく読めたようだ。流石苗子。

「そう、そうなのよ。だから、もしかしたら……って。銀国の食糧庫に保存されていた油が欲しいの。何の油なのかも確認して二、三本もらってきてくれない？」

苗子も私が言おうとしていたことが伝わったのか、理由も聞かずにすぐに手配してくれた。

それから手に入った油を手に呂国の食糧庫へと足を運ぶ。

どの国の食糧庫も基本的には同じような造りだ。収められている食糧は違うけれど。

「ちょっと実験したいのでこの片隅を貸してくれない？」

「何の実験をするのですか？」

料理長と苗子が食糧庫についてきてくれた。

「うん、これ、白の宮から貰ってきた亜麻仁油という油なの。匂いを嗅いでみて」

ゴム栓をきゅぽんと取り、料理長に手渡す。

「亜麻仁油……初めてです。匂いは」

料理長が首をかしげた。

「魚臭いですね。油ですよね？」

「え？　魚臭い？　それって用意してもらった雑巾の匂いじゃないのか……。確かに亜麻仁油もうっすら生臭いような？」

雑巾という言葉に、料理長が視線を床に置かれた使い古した雑巾に向ける。

「臭うような雑巾ではなく新しいものを用意させましょうか」

「ああ、ううん、それはいいよ。同じ状況で確認したいの。こぼれた油を雑巾で拭いて放置したときの食糧庫内の匂い」

なぜと料理長に聞かれて、思っていたことを口にする。

「白の宮の食糧庫では下の段では瓶を横にして保存していた。ゴムが油に溶けると知らずに。もし、蓋に使っていたゴムが溶けてこぼれていたとしたら、いつそれに気が付いたか知りたいのよ。床にこぼれていて気が付いたのか、匂いがして気が付いたのか。匂いがひどければ、すぐに調べると思うのよ。……熱しない限り匂いもそんなに広がらないものなのかとか知りたいの」

なるほどと頷いてから料理長が腕を組んだ。

「私はこの匂いだと、魚が原因かと思ってしまいそうですね。もしくは雑巾か」

「ということで、亜麻仁油を染み込ませた雑巾をちょっと隅に置かせてね。ものすごく倉庫の中が臭くなるなら油がこぼれたのを長いこと放置したわけではないだろうし」

料理長に許可をもらって食糧庫の片隅に亜麻仁油をしみこませた使い古しの雑巾を設置してから部屋に戻る。

「さ、次はどの本を読もうかな」

「そろそろ、本日のお勉強をいたしましょうか」

はい。世の中そんなに好きなことばかりできるほど甘くはありませんでした。

◆◆　◆◆　◆◆　◆◆

「鈴華は、何の用だったの？」

仙皇帝宮に戻ると、興味津々というよりは、マオが不安げな様子で俺に尋ねた。

「呼び出すってことは、俺に会えなくて寂しがってるか？」と言いながら出ていったからだろう。

鈴華は寂しいなんて理由で人を呼び出すような女じゃないだろうと、マオもわかっているだろうに。それでも、惚れた女が別の男を呼び出すことが不安なようだ。

「これだ」

仙捕吏の服装を見せる。

「え？　兄さんなんでそんな恰好を？」

「鈴華が火災事件現場に入りたいってんで、仙捕吏長連れて行ってきた」

「ああ、事件調査をする仙捕吏なら男の身でも後宮に立ち入ることができますから。兄さんも仙捕吏のふりをして後宮を歩いたということですか」

どかりと椅子に座り、机の上の書類を手に取る。

「なぁ、仙捕吏も宦官にしたほうがいいかもしれないぞ？　あいつ、長年後宮の女同士の争いを見続けていたために女嫌いだっただろ？　それなのにコロッと鈴華をキラキラした目で見始めた上に、後宮を出たら連絡くれとか言って鈴華の手を握り締めてた」

「はぁ？　一体、何がどうしてそんなことに？　そりゃ確かに鈴華はとてもかわいいですけど。かわいくて魅力的ですけど、ですけど、かわいいくらいで心を動かされることもないでしょうし、仙捕吏長はハニートラップにも引っかからないタイプですよね？」

ぷっと思わずマオの焦り具合に笑いが込み上げ冷静さを取り戻す。

「まぁ、ハニートラップを鈴華が仕掛けられるわけもないが……それはさておき、鈴華の斬新なものの見方や考え方に感銘を受けたらしい」

それは、新しい風を仙皇帝宮に入れなかった俺の責任も大きいのだろう。

妃を迎えるだけで、仙皇帝宮の人事も大きく動く。退屈だなんて言って、いろんな責任を放棄してしまったんだろうな。人事の見直しもその一つだったのだろう。

いくら年を取らなくていつまでも働けるからといっても、ずっと同じ仕事をさせ続けることはなかったんだ。退屈と不平を漏らす前に、すべきことをしなければならなかった。

「何より、やはり鈴華を必要だと思ったのだろう……仙皇帝宮に」

俺の言わんとすることがマオに伝わったようだ。

「わかった。鈴華にお願いしてみる。そのうちじゃだめだっていうことだよね」

マオの肩をぽんっと軽く叩く。

「残りの仕事は代わってやる」

マオは机の上から本を取り出し、大事そうに抱えて部屋を出て行った。

あの本でどうやら鈴華と連絡を取り合っているらしい。

この狭い仙皇帝宮という世界で見つけた楽しみに水を差すようなことはしない。知らないふりを続けるだけだ。

鈴華……俺たちを置いて行かないでくれ。仙皇帝宮で俺たちと同じ時間を過ごしてほしい。

「頑張れマオ……」

たとえ、最後に誰を選ぶことになろうとも、今はマオを心から応援するさ……。

◆◆　◆◆　◆◆　◆◆

苗子の特訓も終わったし。おやつも食べたし。

「まずは、そうだ、食糧庫に行ってみよう。あれから四時間くらいかな？」

料理長に頼んで食糧庫のドアを開けてもらう。

もわんと生臭さが広がる。

「う、うおおう、結構臭うね」

料理長も臭いを嗅いで嫌そうなに口を開いた。

「そうですね。まるで油を熱したように臭いが広がってますね……。他の油は熱しない限りここまで生臭い匂いがすることはないんですけど……」

窓がなく閉めきった場所だから匂いがこもったのかな？

「でも、ここまで臭えば、油がこぼれていたらすぐに異常を感じるわよね？　……ってことは、油がこぼれたのは火事があったちょっと前なのかな？　流石に何日もこの匂いを放置していたとは考えられないし……。雑巾で拭いた人はいつ拭いたんだろうか？」

油がしみこんだ布なら火をつけやすいと思って狙ったとも考えてはみたけれど。これだけ臭えば何日も油を拭いた雑巾を放置するとは考えにくい。下手したらあの雑巾が置かれたのは事件当日。こぼれた油をふいた雑巾があそこに置いてあると知っている人間がどれだけいたのか……。

ここからも犯人が絞られるんじゃない？　密室放火した犯人が。

「料理長、今から言うことを、仙捕吏に調べてもらって。白の宮の食糧庫あたりに誰かいると思うから」

「はい、わかりました」

調べてもらうお願いをして調理場を後にすると、気が付けばクスノキの下に来ていた。

マオから交換日記届いてるかな？

マオとの交換日記をとても楽しみにしてる自分におかしくなる。

上を見上げると白いブーツが揺れているのが見える。

「あ、マオっ！」

マオがいるんだ！　嬉しくなって、声をかけるとすぐにマオが木から飛び降りてきた。

「鈴華、その……」

「どうしたの？」

マオの様子がおかしい。なんだかちょっと緊張しているようだ。

「えっと、話があるんだ、その……大事な、話……」

「大事な話？　言いにくいこと？　もしかして、交換日記はもう止めようとか？」

それは悲しい。私が悲しむのがわかっているから言い出しにくいのかもしれない。

「……っ、続けられたら嬉しいけど、それが無理することになるなら悲しいから」

マオが首を横に振った。よかった。違うんだ。

「交換日記は、これからもずっと続けていきたいと僕も思っている。そうじゃなくて……」

マオが下を向いて、ごくりと唾を飲み込む。

「何？　その言い出しにくい話って……他に何があるの？　もうここに来られないとか？　交換日記が続けられるならそれは違う？　そうじゃないなら、何？　……何の話だって大丈夫だよ」

マオはぐっと両手を握り締めて下を向いたまま口をつぐんでいる。

「ねぇ、そんなに私に話しにくいのは、マオは私のことを信じてくれてないから？」

マオの硬く握り締めている手に触れた。驚いて顔をあげたマオの顔を正面から覗き込む。

「私はね、たとえマオが人を殺したって言っても、マオのこと嫌いになったりしないよ？　絶対マオはそんなことしないって信じてるし、もし本当に人を殺してしまったなら、何か事情があるんだろうって思うし、罪を償わないといけないなら、その手助けをしたいって思うわ」

マオが泣きそうな顔になった。

「鈴華……僕は……」

マオが硬く握りしめていた手を開いて私の手を握った。

「僕は……鈴華のことが好きだよ」

「うん、私もマオのことが好きよ」

ぎゅっとさらにマオの手に力が入る。

「……あのね、僕……誰かと結婚したほうがいいんだ」

「は？　結婚したほうがいい？　そろそろ身を固めろみたいに誰かに言われてるってこと？」

うちの両親はすでに私が結婚することは諦めているから自由にさせてもらえてるけど。普通なら、女性なら二十歳、男性なら二十五歳を過ぎればうるさいほど結婚しろと言われるようになる。

「結婚しろと言われているけれど、結婚したくないってこと？」

だとしたらストレスがたまるよね。いや、ストレスとかでなく……。

「それに、マオが結婚したら、交換日記もできなくなるし、こうして会うこともできなくなるって、そういうことだよね」

マオが結婚について交換日記に書いていたことを思い出す。そのときに男女の友情は無理なんだって思ったんだ。全然現実味がなかったけれど、こうして言いにくそうな顔して私に言うってことは、マオの結婚が決まったってこと？

祝福しなくちゃ。おめでとうって……じゃあもうこれで最後ねって……。

のどに詰まって何の言葉も出てこない。

「僕は、鈴華と交換日記は続けたいし、会って話もしたい！　鈴華は？」

マオの言葉に「私も！」と即答する。して、口を押える。

「でも、だめだよ。本で読んだよ。配偶者以外と手紙のやり取りしたり二人で会ったりするのはご法度。友達だという言葉は通じないんだよ……だから、マオが結婚するっていうなら……」

諦めないと。

みんなで会えばいいって、それすらできないのだろう。マオは仙皇帝宮にいて、私はこのままであれば仙皇帝宮には行けそうにないし、後宮すら出ていくのだろうから。ううん、どちらにしても時が止まる場所にいるマオと私じゃ、そもそも次第に話も合わなくなっていくかもしれない……。

そうか……。ずっと今みたいな関係を続けることなんてどちらにしても無理なんだ。

「僕は結婚しないよ、したくないよ、鈴華以外と……」

「え？」

「鈴華、僕と結婚してほしい」

は？　結婚？

私と？　マオが？

長い文章ではないのに、脳みそで処理しきれない。意味がわからない、理解ができない。

「あ、いや、その結婚じゃなくても、婚約だけでもしてほしいんだ。その、えっと、無理強いとかするんじゃなくて……」

「婚約？」

婚約って結婚を前提として結ぶ契約だから、何が違うの？

あ、違うか。婚約は白紙に戻せる。解消も破棄も……実際私、一度婚約解消してるし。

結婚してしまえば家同士のつながりのことや財産のことや子供のことで簡単に離縁することができなくなるわけで。婚約なら、嫌なら解消しちゃえばいいんだよね？　私は一度婚約解消してるじゃない。ってことで、働かなかった脳が動きを取り戻す。

「あ、わかった！　契約結婚ならぬ、契約婚約ってことね？　マオは周りに結婚をせっつかれるけれど、結婚する気はない。婚約者がいれば周りから言われることがなくなるだろうって。そうそう、確か碧国の恋愛小説にそういうのたくさんあったよ！」

レンジュはそういえば碧国出身だったよね？　その弟のマオも碧国出身なんだろうし、その手の恋愛小説がたくさんあって、契約結婚や契約婚約というのを知っていても不思議ではない。

「いや、あの、鈴華、僕は鈴華のことが好きだから、その、誰かと結婚するのが嫌だからとか鈴華を盾にしようとかそういうわけじゃなくて」

マオが焦って言い訳を始める。

「マオ、いいよ。私が役に立つなら、マオの助けになるなら、契約婚約、いや、偽装婚約？　私でいいなら、婚約しよう。あ、もちろん婚約を解消したときに慰謝料がどうのとか何もなくて大丈夫。ああ、できればマオに好きな人ができて結婚するから婚約を解消しようっていうときに、その子に私とも仲良くしてほしいと頼むくらいはしてほしいかなぁ」

気にしなくて大丈夫だということを伝えたくて早口でしゃべる。

んー、何か忘れてるような……。あ、ああ！

「マオ、偽装婚約する前に、一つ問題があるっ！　私、後宮にいた。今、仙皇帝妃候補……って、これって、仙皇帝と準婚約みたいなものだよね！　ちょっと誰かに代わってもらわないと！　あれ？　そうすると私仙山を下りないといけない？　ん？　じゃあ、マオと婚約するとマオに逆に会いにくくなるの？　結婚すれば一緒に住めるだろうけど……？　え？　どうなるのかな？　しばらくはそのままでいる？　マオが結婚の話を回避するなら、後宮を出たら婚約する約束をしている女性がいるみたいな感じで言えばいいのでは？」

「あの……鈴華、一つ言ってないことがあるんだ……」

マオがまた、下を向いてしまった。

「何？」

マオの手をぎゅっと握って先を促す。

はっきり言って、このときの私は浮かれていた。マオと友達を続けられることに。

「僕の……本当の名前は、マオじゃないんだ」

「うん？　そうなんだ。でもマオって呼ぶのに慣れちゃったからマオって呼んでもいい？　婚約者のふりをするのに不都合ならちゃんと本当の名前を呼ぶようにするよ？」

マオに恥をかかせないように偽装婚約者を演じられるように、苗子のマナー特訓ももっと真面目に受けようかなとか。

仙山では珍しい髪の色だから惹かれ合ったみたいな馴れ初めなんてどうだろうとか。

ふわふわとした気持ちだった。

「鈴華にマオって呼ばれるのは好きだよ。……その、ずっとマオって呼んでほしい。急に改まって〝陛下〟とか呼ばれたくないよ……」

「はい？」

マオの言葉の意味がわからなくて首をかしげる。

マオは、覚悟を決めたような表情で顔をあげて私を見た。

「僕が、仙皇帝なんだ」

「マオが、仙皇帝？」

仙皇帝ってなんだっけ？

仙皇帝宮にいる一番偉い人で、この世にいる神に近い存在で。

今の仙皇帝様は三十年間後宮に姿を見せなくて。先代の仙皇帝様は五十年間独身を貫いてて、今の仙皇帝様も同じように独身を貫くのではないかと思われていて。

そっか。そりゃ、結婚しろって周りから言われるよね。言われ続けるよね。納得。

じゃなーい！

「マ、マ、マ、マオが仙皇帝？　え？　ってことは……婚約者になるってことは……」

「仙皇帝の婚約者になれば、妃教育のために仙皇帝宮に移ってもらうことになるんだ……だから仙山を下りなくてもいいし、別の姫に交代しなくていいから、何の問題もないんだ」

何も問題がない？

いや、むしろ問題だらけなのでは？

すーっと頭の中が真っ白になる。

マオが周りの結婚しろ圧力から逃れるために私が防波堤として契約婚約者、偽装婚約することは全然問題ないけど。仙皇帝の偽装婚約者といったら話は別じゃない？

「婚約解消とか婚約破棄とかどうするの？」

「二十年後に僕が退位すれば元仙皇帝のことなど誰も問題にしないよ？」

そういうもの？

「鈴華は最低限の王妃教育をこなすだけであとは自由に過ごしてくれればいいよ？　地下図書館にも入って好きなだけ本を読めるし、仙皇帝宮に友達を招いてお茶会をすることもできる」

そっか。仙皇帝妃ではなくても婚約者であれば仙皇帝宮に入ることもできるし、他の女性も入ることができるようになるのか。

私が仙皇帝の偽装婚約者になって、問題がある？

マオは結婚しろの圧力から逃れられる。

私は地下図書館に入ることができるし、マオと友達として付き合い続けることができる。

でも、本当に、そんな都合がいいことってある？

私が気が付かない問題があったりもしない？

「マオ、ごめん」

「え？　あ、うん、やっぱり黙ってたのは……騙してたみたいで嫌だよね……」

マオがうなだれた。

「あ、違う違う、ちょっと考えさせて？　今のところは全然問題ないんだけど、ほら、偽装とはいえ婚約するなら両親にどう言えばいいかとかいろいろ考えたいから」

私の言葉にマオがぱぁっと明るい顔になった。

「婚約してくれるの？　僕と……迷惑じゃないの？　嫌じゃないの？　……その、ひ、人前で婚約者として振る舞ってもらったりとかもあるかもしれないけど……」

婚約者として振る舞う？

「あ、一緒にダンスとか踊ったり？　えっと、頑張るよ。頑張ってもだめなら、むしろなかなか妃教育が進まなくて結婚に至らないみたいな言い訳にしちゃえばいいよね？」

マオが首を横に振った。

「婚約者として、寄り添って歩いたり、二人で食事をしたり、そ、それから愛をささやいたり……」

ああ！　普通は婚約したらそういうの……。

「それならもちろん大丈夫！　一緒に散歩したり美味しい物食べたり、仲良しなんだよとアピールするのね！　私とマオは仲良しだから問題ないよ！」

マオがんーと、頭をかいた。それからちょっと遠慮気味に顔を赤くして口を開く。

「鈴華、本当に平気？　キ、キ、キスとかもしちゃうかも……」

キ、キス……って、そっか。そっか……。

「あ、そうだよね、碧国だと親しい間柄じゃキスも挨拶だっけ。うん、慣れる。えーっと、私からもできるように頑張るよ。すぐには無理でもね」

恥ずかしさにカーっと顔が熱くなる。呂国ではキスは特別なことだもん。でも……。

挨拶だって言い聞かせて、そう、初めはぬいぐるみとかで練習して……。

「鈴華……本当にいいの？」

「うん。あ、違うちょっと考えさせてって言ったんだ……」

マオが嬉しそうに笑った。

「返事は今度でいいよ。その、ちゃんとプロポーズしたいから、準備するよ」

「え？　あ、そっか。偽装婚約と言っても、ばれないようにするには普通の段取りを踏んだほうがいいよね。わかった。楽しみにしてるね！」

——と、そう答えたはずなのに。
マオからプロポーズされることはなかった。

第三章

部屋に戻ってマオから受け取った交換日記を開く。

「偽装婚約を匂わせるようなことは書いちゃだめだよね。もし、後世にこの日記が残ったときに偽装がばれちゃだめだろうから……。とするとだ。次第に仲を深めていったみたいなのが読み取れるような内容のほうがいいかな？　あからさますぎるのは怪しい？」

何を書いたらいいのか、考えすぎて何も書けずに真っ白なページを睨みつける。

……そういえば、レンジュは仙皇帝《せんこうてい》のお兄さんっていうことになるのよね？

相当偉い立場っていうか、仙皇帝の血筋ってことは、竜神様の血が流れてるってことよね？

レンジュに？　レンジュが？

え？　なんで竜神様の血が流れてるのに、宦官《かんがん》になったんだろう？

っていうか、竜神様の血が流れている仙皇帝様の一族って、傷つけられないのではなかった？

どうやって切り落とした？　神器とか使った？

「鈴華《リンファ》様、よろしいでしょうか」

首をひねっていると、料理長が来た。

「あ、はい。何？」

夕飯の相談かな?

「食糧庫に来ていただけますか?」

亜麻仁油の匂いが食糧庫にどれくらい充満するかって実験してたんだっけ。あまりの悪臭で撤

去したいって相談かな?

食糧庫に足を運ぶと、何人かの料理人が心配そうに中を覗き込んでいる。

「うわ、これは……」

むわっとした生臭い匂いがドアから漏れている。

ごま油も熱しないとこんなに匂いが広がらないと思うんだけど、亜麻仁油ってこんなに匂いが

強いの? これって、こぼれてたらすぐに気が付きそうだよね。

「実験はもういいわ。雑巾は処分してくれて構わないから」

私の言葉に、料理長が言いにくそうに言葉を発する。

「それが、鈴華様……どう処分したものか……」

「え?」

食糧庫に入り、亜麻仁油を吸わせた雑巾に手を伸ばし、料理長の言いたいことがわかった。

「普段は揚げ物に使った油とかどう処分しているの? 同じように処分すれば」

「場所を変えましょう、調理場へ運んで」

料理人が慌ててフライパンや菜箸を持ってきて雑巾をつまんで調理場へと運んでいく。

「もう一つフライパンを用意して亜麻仁油を入れてもらえる?」

――それから、三時間後に、白の宮の食糧庫へと足を運んだ。

「鈴華様どうかなさったんですか？」

仙捕吏長がいた。ちょうどいい。

「調査はおしまいにしていいと思うわ」

私の言葉に、仙捕吏長が首をかしげる。

「犯人はいない。そう、キビタキの死体を放り込んで嫌がらせをした犯人がいなかったと同じように、この火事にも犯人はいないのよ」

「は？　キビタキ？　犯人がいないとは？」

名探偵と言いたいけれど、偶然発見しただけだし……。

「私にもわからないことだらけだけど……白の宮の者たちを集めてもらえる？」

そうして集まった白の宮の人間と仙捕吏長を前に考えを述べる。

「油がこぼれていることに気が付いた人は誰？」

尋ねれば、雑巾で拭いたという使用人が手を挙げた。

「それはいつ？」

「あの、火事が起きた日です。日が落ちる少し前だったと思います」

やはり、思った通りだ。

「誰か、油をこぼした人はいますか？」

使用人たちが顔を見合わせて首を横に振る。

それを見て、食糧庫に入って無事だった亜麻仁油の瓶を手に持って出る。

「これは白の宮の食糧庫に立てて保管してあった瓶で、こちらが寝かせて保管してあった瓶です。比べて何か違いに気が付きませんか？」

仙捕吏長が早速私が持っている二本の瓶を見比べた。

「寝かせて保管してあった瓶の栓が欠けていますね」

仙捕吏の言葉に首を横に振る。

「欠けているのではなく、溶けたんです」

「は？　溶けた？」

「本に書いてありました。半信半疑でしたが、こうして実際見比べてみれば、油がゴムを溶かすというのは本当のことなのでしょう。じわじわと少しずつ溶かしていくのでなかなか気が付かない。気が付かないまま、横に置いた瓶のゴム栓が溶け、中身がこぼれたのでしょう」

小さくひゅっと息を吸い込み口元を押さえた使用人がいた。

「わ、私が横にして保管するように指示したせいで……油をだめにしてしまった……！」

目に涙がたまっている。

「ゴムは比較的新しい素材でしょう？　いろいろ知られてないことがたくさんあるので、コルクで栓をしたものと同じように扱うのが普通でしょう。知った後にも横に置くよう指示したのなら問題ですが、今回はあなたのせいではないですよ。そうですよね、仙捕吏長？」

「そうですね。後宮《こうきゅう》の物品を故意に破損させれば罪に問われますがそうではありませんので今後同じことを繰り返さなければ問題ありません。ゴム栓の取り扱いをきちんと伝えるようにしてください」

はい、と返事をして使用人が頭を下げるのを見届け、次の話に移る。

「で、こぼれた油ですが、そのまま石畳の床にたまっているだけなら問題がなかったんです」

小さくうなずくと、私の後ろに控えていた料理長が、フライパンを差し出し、蓋を開いて中を仙捕吏に見せた。

「これは、一体？」

「こちらが、亜麻仁油をフライパンに入れただけのもの。石畳の上にこぼれてたまっている状態だと思ってください」

フライパンには二センチほど油がたまっている。ゆらゆらと表面が揺れている。他の油と何がそんなに違うのか見た目では全くわからない。

それから、苗子《ミャオジー》がもう一つのフライパンを差し出し、同じように蓋を開く。

「なんですかこれは？」

焼け焦げた匂いと生臭い匂いに一瞬仙捕吏長が顔をしかめる。

「同じ亜麻仁油を雑巾に染み込ませて半日おいたものです」

仙捕吏が顔をあげて私を見た。

「なぜ火をつけた？」

首を横に振った。仙捕吏長がよい質問をしてくれた。

「数時間後に雑巾が熱を持っていたため、火事にならないようにフライパンの上に移して様子を見ました。そしたらどんどん温度が上がり燃え上がりました」

私の言葉を疑うわけではないだろうけれど、信じられない事実に仙捕吏が固まった。

「まさか……自然発火……か？」

料理長がすぐに補足説明をしてくれる。

「置いていた場所は調理場の隅にある机の上です。日陰になっていて火の気もない場所でした。突然火があがり、慌てて蓋をして消火したものがこれです」

仙捕吏がフライパンの中を覗き込んで、まだ納得できないという顔をしている。

「ごま油や菜種油ではこんな風に油をふき取った布が燃えることがないのに、なぜ亜麻仁油を染み込ませた雑巾が燃えたのか理由はわかりません。本にも書いてありませんでしたし……」

まぁ、読んだ本に書いてなかっただけで、探せば書いてある本もあるかもしれないけども。

「実験では半日ほどで火がつきました。先ほどこぼれた油をふき取ったのが日が沈む少し前と言っていましたよね？」

仙捕吏がハッとする。

「火事が起きたのが日が昇る前、ちょうど半日ほどの時間が経っていた」

うんと頷く。

「私は、火事は事件ではなく事故じゃないかと結論づけました。だから犯人はいない。ゴムが油を溶かすことを知らなくて油がこぼれ、亜麻仁油をしみこませた布が自然発火することを知らずに火が付き食糧庫が燃えた事故だと」

仙捕吏は簡単にそうだと言うわけにもいかないのだろう。ぐっと口を閉じたままだ。

「ここまで管理されている後宮で犯人が見つからないこと、また、犯人だと疑わしい者がいても証拠もなければ、動機もないこと……それは、犯人がいないからでしょう?」

にこりと笑うと、仙捕吏長もはじめて笑った。

「実際に、亜麻仁油が燃えるのか検証してみます」

「そうね、実験して! その結果を本にまとめるってどうかしら? あ、別に、私がそういう本を読みたいからじゃなくて、あくまでも……」

ぽんっと、軽く苗子に肩を叩かれた。

「読みたいのですよね?」

うう。名探偵苗子爆誕。お前の心はすべてお見通しだ! みたいな顔してる。

そうです、読みたいです。

「ありがとうございます、鈴華様。この事件……事件ではなくなるかもしれませんが、解決に向けて進みそうです。そして、今後のための貴重なアドバイスまでいただきまして。必ずや油による事故が今後起きないように実験をして本にまとめてみせましょう」

「期待しているわ！」

仙捕吏の手を取ろうとしたら、苗子に止められた。

「あ、そうだ。知らなかったんだから、自分を責めなくていいのよ？　あなたはむしろ、こぼれた油をそのままにせずに拭いてくれたんだもの。いいことをしたんだわ」

震えていた使用人に声をかけてから、白の宮の庭を後にする。

「ねぇ、料理長もいろいろな油を使った料理、せっかくならレシピを本にまとめる？」

料理長がふっと笑った。

「それもいいですね。ですが、なかなか時間が取れそうにないですね、料理人も育てたい、新しい料理も作りたい」

「じゃあ、時間があればどう？　例えば、仙皇帝宮に行って、年を取らないなら」

料理長が仙皇帝宮を見た。

「それはいいですね」

料理長が笑うのを見ながら、私も笑った。

棚から牡丹餅《ぼたもち》、言質《げんち》取った。

◆◆　◆◆　◆◆　◆◆

「おはようございます鈴華様。お手紙が届いております」

朝、起されるのと同時に苗子が神妙な顔つきで手紙を差し出してきた。

「仙皇帝陛下からです」

「え？　マ……」

いけない、マオじゃない。

「仙皇帝陛下から？」

うっかりマオの名を出しそうになり口を押える。その様子が仙皇帝陛下からの手紙に驚いたように苗子には映ったようだ。

「内容をご確認いただき、必要であれば返事をすぐに届けてまいります」

苗子は突然の仙皇帝陛下からの手紙に驚きが隠せないようだ。

「えーっと、じゃあ、着替えとか後でいいかな？　あ、手紙を確認している間に、返事を書くための紙を用意してもらえる？　私にはよくわからないから……」

いつもなら、私に言われる前に動く苗子が、ハッと正気に戻る。

「そ、そうでした。はい、すぐに準備いたしますので」

苗子が部屋を出て行ったので、マオ……仙皇帝陛下からの手紙を読む。

「呂国《ろこく》の姫鈴華殿……」

マオの顔を思い浮かべて読むと、いつもと違いすぎて調子が狂う。

文章も修飾する言葉がやたらと多く回りくどい。交換日記で伝えるなら『鈴華へ　二週間後に会いに行くよ。準備しておいてね。マオより』ってこれだけの内容だよ。

交換日記で返事を書くならば『マオへ　二週間後だね！　楽しみにしてる！　鈴華より』っていうそれだけなのに。

「鈴華様、季節の挨拶用例集が書かれた本はこちらになります。それから言葉の表現はこちらの本を参考に、それから」

苗子は、手紙用の紙とともに五冊の分厚い本を抱えて戻ってきた。

「あー、苗子、下書きお願いしてもいい？　えっと、畏《かしこ》まりましたって内容だけでいいから」

「は？」

「私、とりあえず起きたばかりでしょう？　着替えてくるから。頼んだわね！」

「鈴華様？」

半ば無理やり苗子に押し付ける。別の侍女に着替えを手伝ってもらいながらため息をつく。

偽装婚約だとばれないように、いろいろと根回ししているって感じかしらね？　私も根回ししないとだめかしら？

着替えて戻ると、苗子が手紙の下書きと、清書用の紙を机の上に並べて待ち構えていた。

「鈴華様、畏まりましたという内容の手紙の下書きです。……ところで、どんな内容のお手紙をいただいたのですか？」

畏まりましたの一言が、二十行ほどの文章になった見本を見ながら筆を動かす。

「あー、二週間後に顔出しに来るらしいよ？」

「「は？」」

苗子と侍女が同時に声をあげる。

「よし、書けた。じゃあ、これを届けて。苗子、ちょっと、聞いてる？」

苗子も侍女も固まっている。そこに第三の人間が現れた。

「鈴華様、お手紙です」

え？　また？　今度は誰から？

手紙を受け取り書いたばかりの手紙を仙皇帝に出しておいてと頼んで渡す。

「あ、こっちは仙捕吏長からだ。亜麻仁油で実験したら火がついたんだ。あれから実験したってことは、夜通し？　働き者だなぁ。しかもちゃんとこうして報告してくれるなんて親切な人だ」

マリーナも解放され処罰も撤回されるんだ！　ただし侍女頭は別件での取り調べがあるのか。

うんうんと頷いていると、苗子が正気を取り戻す。

「なるほど、もしかすると火事騒ぎを解決に導いたということで、陛下は感謝を示すためにいらっしゃるとか？　それとも仙捕吏長が鈴華様に今後も協力を頼みたいと陛下に願い出たとか？

ああ、でもどちらにしても、三十年間後宮に姿をお見せにならなかった陛下が姿を現すのです
……！　こうしちゃいられません、抜かりなく準備をしなければ！」

苗子が侍女に指示を飛ばし始めた。

うん、苗子の予想は全然違うよ。……偽装婚約するんだ。表向きは婚約することになる。

苗子にどうやって伝えようかな。根回しって、どうしたらいいかわからないよ。困った。

「鈴華様、申し訳ございません。今日はマナーの授業はお休みにさせていただきます」

やった！

「明日からは陛下にお会いしたときに失礼がないように特訓いたしましょ」

えー、そんなぁ……！

「気合入れなくてもいいよ。ちょっとくらい失礼があっても、呂国の姫はマナー知らずだなぁって感じで許してもらえると思うし……」

マオがそんなことを今更《いまさら》指摘するわけないよ。

「先代の仙皇帝陛下でしたら、逆におもしれーな、お前それでも姫かと笑い飛ばすタイプですが、現陛下は真面目な方ですので」

ん？　苗子は両方とも面識あり？　っていうか、先代って……レンジュみたいな人だったんだ。

まさか、ね？

「真面目でも笑って許してくれる優しい人だよ、きっと」

マオだもん。だから、特訓なんてしなくても……。とへらりと笑ったら苗子に睨まれた。

「鈴華様の不出来さは、仕える者の力不足とみなされるのです！　黒の宮の庭の手入れ、部屋の清掃、調度品の配置、それから鈴華様のお召し物からお出しするお茶まで、すべて完璧にしなければなりませんっ！」

「そんなに気合を入れる必要あるかなぁ？」

「一度も後宮にいらっしゃらなかった仙皇帝陛下がどんな理由であれいらっしゃるのです。このチャンスを逃す手はありません！」

いつの間に来たのか侍女のカティアがこぶしを握り締めている。

別の湯《ゆ》あみ係の侍女も姿を現した。

「今から最高級の石鹸とオイルを手配いたします。いつも以上に時間をかけて丁寧にお手入れをさせていただきます」

「いや、だから、必要ある？」

みんなが口々に声をあげる。

「仙皇帝宮に行くためには必要なことです！」

あ、そういうこと？　仙皇帝宮で働きたいってことね？　技術を認めてもらおうってことね。

「鈴華様、お手紙が届きました」

え？　また？

手紙を受け取ると、今度こそエカテリーナ様とスカーレット様からだった。

あと二日か三日で二人とも戻ってくるみたいだ。嬉しいけど。二人にもなんと伝えたらいいのか。と、頭を悩ませている私の背後で、使用人たちが寄り集まって相談をしていた。


「鈴華様を見初《みそ》めてもらうのよ」

「そうです！　我らが鈴華様のすばらしさを何としても陛下に伝えなければ」

「鈴華様にはぜひ仙皇帝妃になってもらわなければ」

「鈴華様ほどふさわしい方はいらっしゃいません！　力を合わせましょう」

「ええ、皆の力を結集して、鈴姫様を仙皇帝妃に！」

◆◆　◆◆　◆◆　◆◆

黒の宮が、お祭りの前のような騒動になっている。そわそわとしつつも忙しく働く人たち。
『マオへ
仙皇帝様からの手紙が届いたのよ。二週間後に会いに来るって苗子に伝えたら、もう皆準備で大忙し。特別な準備は必要ないとか一言あったらよかったのに。あ、一言あったとしても、言葉を真に受けて準備を怠るわけにはいきませんとか言って張り切るかもしれないから、一緒かなぁ。

鈴華』

今日は私そっちのけで準備をしている。スカーレット様もエカテリーナ様もいないし、やることもなく交換日記を片手に庭に出る。

クスノキを見上げるけれど、そこにマオの姿はない。そりゃいつも会えるわけじゃないか。

日記を木の枝に置いて空を見上げる。

今日は何しようかなと思ったけど、また散歩しようかな。まだ見てない庭たくさんあるもんね。

藤国《とうこく》の庭に向かって歩き出したところで声をかけられた。

「見つけたっ、鈴華様〜！」

振り返ると、息を切らしながらこちらに駆け寄ってくる楓《フェン》の姿がある。

「ん？　どうしたの？　……っていうか、服が……！」

下働きの服とも違う。侍女の服に似ているけれど、腰ひもの色が違う。

「あ、はい。あの、苗子さんが侍女の手が空かないので、侍女見習いとして鈴華様を見張る……いえ、鈴華様のおそばに控えるようにと……」

うん、楓、ちゃんと聞こえたわ。見張れと言われたのね。

「えっと、鈴華様はどちらへ？」

楓が息を整えるのを待ち、再び歩き出す。

「庭を散歩。呂国と全然違う環境になっていて面白いのよ。今日はあっちにしょうか」

金国《きんこく》の庭を通り過ぎ、藤国の庭に入った。


目に飛び込んできたのは、藤棚。

「うわぁ、綺麗ですねぇ」

楓が感嘆のため息を漏らした。

薄い紫、濃い紫、赤みを帯びた紫、青みの強い紫……。

紫色ばかりだというのに豊かな色合いだ。いろいろな藤の花が、咲き乱れている。

手が届きそうな高さに藤の花が垂れ下がっている。その下をくぐって歩けるようになっていた。

「呂国にも藤棚が少しはあるのだけれど、これほどの種類が咲いているところはないわ。とても綺麗」

ふわふわと優しい風が吹いて、藤の花をそっと揺らす。

「あら珍しい、お客様かしら？」

声が聞こえてきた。

藤棚の奥に、小さな東屋《あずまや》があった。

呂国の東屋の屋根は六角形で作ることが多い。

藤国では四角だ。本に合掌造りという名前で載っていた造り方の屋根だ。

と、東屋の造りの違いに気を取られていて、その下にいる人物に意識が向くのが遅れていると、再び声が聞こえてきた。

「その服は呂国？　黒の宮に新しい姫が来たと聞いていたけれど、遊びに来てくれたの？」

陽気な声だ。声は明るいし、遊びに来てくれたって言ってるし、歓迎されてる？

不吉色と呼ばれる黒髪の私に対して、好意的じゃない？

友達になれるかも！

「いらっしゃ〜い、堅苦しいのはなしで、座って座って〜」

赤い布がかぶせられた長椅子が三つと椅子よりも少し高いテーブル代わりの台が置かれている。

長椅子の一つに、藤色の着物を着た女性が座って手招きしている。

私も小柄な方だけど、私と同じように小柄だ。

「うえーっと、あなたが新しい黒の姫で合ってるわよね？」

妙に間延びした声で話しかけられる。

そう言うあなたは紫の宮の姫ですよね？　まさか使用人が私を手招きするとも思えないし……。

紫の宮の姫は立ち上がることもなく、椅子に腰かけたままだ。

あれ？　姫同士が初対面のときには、お互いに自己紹介したりして、こう、優雅にお辞儀をするものではないの？

苗子に特訓されたお辞儀や自己紹介の仕方、相手を褒める言葉などを必死に思い出す。

大丈夫、私はできる子。苗子の特訓の成果を……って、紫の姫、立ち上がらないの？

どうして椅子にだらりと座ったままなの？

どうしたものかと立ち尽くしていると、すぐに再び紫の宮の姫から声がかけられる。

「ああ、上座とか下座とか関係ないから大丈夫よ。座って、座って、それから、えーっと、ほら、客人にも出してあげて」

紫の宮の姫は、小柄だった。リスを思わせるような容姿。薄い茶色の髪に、濃い紫色の瞳をしている。美人というよりもかわいらしいという言葉が似合う……姿なんだけどなぁ。

手に持っているのは、ワイングラス。中身の赤紫色の液体は……、間違いなくお酒だろう。

空になった瓶が何本も机の上に載っている。

間延びしたというよりも多少ろれつが回らないような口調で紫の姫は話をしている。

目の焦点も時々あやしいし、ほっぺはうっすらと赤みがさしている。

酔っぱらってる……ようにしか見えない。

もしや、手招きされたのは、酒の相手が欲しいのか、絡み酒なのか……。

それとも、一緒に酒を飲めば、もう友達！　みたいな？

でも、私、お酒は……。

紫の姫の真正面に座ると、侍女の一人が私の前にグラスを用意し、なみなみと赤紫色の液体を注いだ。

「あら？」

それを見て紫の姫が不快そうな表情を浮かべる。

「ちょっと、お客様にこんな色の悪いものをお出しするなんて……」

紫の姫が、私に用意されたグラスを手に取り傾け飲み干した。

うわぁ、すごい勢いで飲むなぁ。まるで水みたい。

「ふふぅ、ごめんなさいね。すぐにきれいなワインを用意させるわ。ほら、いつもの」

侍女が小さく首を振る。

「恐れながら犀衣《さい》姫様、本日は担当者が休みで……」

犀衣……という名前なのね。犀衣様か。

担当者って何だろう？　きれいなワインとそうじゃないのがあるの？

「別の者じゃ、できないの？」

できない？　お酒を持ってくるのが？

犀衣様の言葉に、少々お待ちくださいと、侍女の一人が再び足早に建物の中に駆け込んだ。

「ごめんなさいねぇ。すぐに用意させるから。ふふふ。ワインは飲んだことある？　葡萄からできるのよ」

犀衣様の言葉に、昔読んだ本を思い出す。

「知っています。藤国は、葡萄栽培が盛んだということですよね。その葡萄から作られるお酒をワインと呼ぶんですよね。葡萄の種類によって、香りや味も様々で、寝かせる年数によっても、風味が全然違ったものになると本に書いてありました！」

「そうなのよ、よく知ってるわねぇ。ふふふ、特に出来の良い年に作られたワインは高いのよぉ。でも、後宮にいる限り、いついつに作られたワインが欲しいと言えば高いワインだって飲み放題。うふふ、なんて素敵なのかしら。そう思わない？」

同意を求める言葉だけれど、返答に困る。

あれ？　でも待って。

飲み放題って、読み放題に似てない？

酒を飲み放題。本を読み放題。……そう考えたら、素敵なことなのでは？

「読み放題、いいですねぇ」

と、大きく頷いて同意を示す。

「そうでしょう、飲み放題天国よぉ」

目の前の犀衣様はワイングラスを揺らして、ほおを緩ませている。

わかる、その顔になるの、わかる！　好きなものを目の前にしたときの顔だよね。

「最高です！　読み放題天国！」

私も同じ顔になってるのでは？

あれ？　楓や紫の宮の侍女が変な顔をしている。なんで？

「お待たせいたしました」

侍女が新しく持ってきたワインをグラスに注ぐ。

「そう、これよこれ。この、美しい紫こそ、藤国のワインの色。ほら、綺麗でしょう？」

犀衣様が持ち上げ光にかざしたワインの色は、確かに先ほどのものと色の鮮やかさが違う。

キラキラ宝石のような美しい色のワインだ。

赤みが増したというか……。アメジストとルビーの間のような……光が当たってキラキラ光るワインの色が美しすぎてずっと見ていられる。

犀衣様が同じ瓶から注いだワインのグラスを一つ取り、毒見をして見せた。

それから、犀衣様にワインを勧められる。

「さぁ、どうぞ」

「あっ、せっかく出していただいたのですが、私はお酒が飲めないのです。申し訳ありません、もっと早くに言うべきでしたが、ワインが見たくてつい言うのが遅くなりました」

飲めないというよりも、弱い上に、酒乱らしい。記憶が飛ぶタイプで、何をどうしたのか全く覚えていないんだけど。酒は二度と飲むなと言われました。家族全員に。そして使用人は無言で頷いていた。

本当に、私、何をしたんだろうか……。

一緒に酒が飲めない姫に用はない、さっさと帰れ！　と言われたらどうしよう……。

と、少しドキドキしながら犀衣様の顔を見ると、驚いた顔をしたあと、かわいそうな子を見るような目つきをする。

「あら？　お酒が飲めないの？　それは、残念ねぇ……人生の半分は損してるわよぉ。いいえ、もっとかしらね？」

うふふと笑いながら犀衣様がグラスに残ったワインを飲み干す。

私が出したお酒が飲めないのか！　って言われなくてよかった。

「私なんか、もう、これのためだけにここにいるようなものよ？」

ここって後宮のことだよね。

「国に帰ったら、飲みすぎだのなんだの言われて、自由にお酒も飲めないんですもの。ここは天国みたいなところよ。お酒をいくら飲んでも文句を言われない。それに、好きなお酒をどれだけでも飲めるんだもの」

犀衣様は一言話すたびにグラスを口に運ぶ。

そして机の上のナッツを口にしてまたグラスをあおる。

うっとりと美味《おい》しそうに飲む姿に、私もちょっとだけ飲んじゃダメかな？　と頭をかすめる。

だめだめ。一緒に酒が飲めない姫は友達じゃないって言われなかったのに、酒乱だとばれたら嫌われてしまうかも！

ごくりと唾を飲み込む。飲みたい気持ちを振り払うため何か会話をしようと口を開きかけて、止まる。

ただでさえ社交下手な私が、初対面の相手に対して何を話せと？

あ、そうだ。お酒の話なら犀衣様は好きなのでは？

「呂国のお酒は、無色のものがほとんどなんです」

犀衣様が、大きくて真ん丸の目をくりくりと輝かせる。

「知ってる。後宮に来て初めてしたのが、各国を代表するお酒の飲み比べなのよぉ」

「あ、わかります、わかります！　読み比べとかしたいですもの！」

「わかってくれる？　でね、珊国《さんこく》のお酒はほんのり桃色だし、金国のお酒は金色だったわ。銀国《ぎんこく》は雪のように白いお酒。もちろん、藤国はワインの紫」

お酒の本の記憶を思い出しながら口にする。

「確か、碧国《へきこく》はアブサンという緑のお酒があるんですよね。ニガヨモギから作るとか。それから朱国はカンパリという赤いお酒があるとか。どちらもワインに比べたら強いお酒でしたよね？」

ぱぁっと、顔を輝かせた犀衣様。

「良く知ってるわね！　飲めないって言ってなかった？　もしかして飲みすぎて体を壊して医者に止められてる？」

どうして、そんな発想になるのか。

いや、待てよ？　本を読みすぎて目が悪くなってるし、読み続けては周りの人に怒られてたな。寝食を忘れるから。

さては、犀衣様も飲みすぎて「体を壊す」とか「飲むの控えなさい」とか頻繁に言われてるな？

「私は本で読んで知っただけで、飲んだことはないんです」

「そっかぁ」

ちょっとがっかりした顔をする犀衣様。とろんとした目つきに戻る。

一緒に飲めないのが申し訳ない。けど、家族みんなから飲むなと言われる酒乱の私。きっと、飲んだら迷惑をかけるに違いない。

犀衣様はあまりにもがっかりした顔をするので、喜んでほしくてお酒の話を続ける。

「あの、実は呂国には黒いお酒もあるんですよ。名前はそのまま黒酒って言うんですけど」

犀衣様の目に輝きが戻った。

「え？　本当？　なんでじゃあ無色のお酒が出されたんだろう……？」

「主に神事に使うお酒なんですけど」

「あ、そういうこと？　特別だから飲めないんだ！　どんな味なんだろうなぁ」

犀衣様が興味津々という顔をしている。

「そうじゃないんですよ。黒酒って、青い染料や薬にもなるクサギという植物を焼いた灰を混ぜて黒くするんですけど」

話をつまみにワインを飲んでいるような感じで、犀衣様はうんうんと頷きながらグラスを空けていく。

「クサギって割とどこにでも生えてる木だし、黒酒を作ることは禁止されてないんですけど、みんなやらないんですよ」

犀衣様がグラスを持つ手と反対の手で膝をぽんっと打った。

「わかったわ、まずいのね！　だから誰も作ろうとしない！」

「神事の前に、両親は黒酒を飲まないとだめなのかぁとため息はついてますね」

さすがに神にささげるお酒をまずいとは言えない。でも、犀衣様は察してくれたようだ。

「ふ、ふふふ、そうなの。でも飲んでみたいわね、せっかくだもの。今度、欲しい物としてお願いしよう」

「え？　本気ですか？」

犀衣様がゆらゆらとグラスを揺らしながらテーブルに肘をついて顔を載せた。

「せっかく、どんなお酒でも飲み放題なんだもの。一度は飲んでみなくちゃ」

例えるなら、つまらないと言われる本でも、読んでみたいと思うようなものか。

なるほど。わかる。

「あーあ。もうずぅーっとここに住みたいわ。仙皇帝妃が決まらなければいいのに」

へ？

「仙皇帝妃が決まらない方がいいんですか？」

「あらぁ、だって、妃が決まるまでは、後宮にいられるのよね？　欲しい物は言えばなんでももらえるし、うるさい人は周りにいないし、今更窮屈な国になんて帰りたくないわよ。どうせ、適当な貴族のところへ嫁がされて人生終わっちゃうんだものぉ。お酒だって、自由に飲めなくなっちゃうわ」

あれ？　私が偽装婚約して仙皇帝宮に移ったら後宮が閉鎖されちゃうんだよね？

知られたら、鈴華のせいでって恨まれるやつなのでは……？

犀衣様が、空のグラスをふっと持ち上げた。それがいつもの合図なのか、そのしぐさ一つで侍女がさっと動いて、手に持っていた瓶を傾け、グラスにワインを注いだ。

ごくごくとグラス半分ほど空け、干し肉のようなものをつまんでかじった。

「うーん、このワインにはもう少し塩気がないものがいいわね。何か持ってきてちょうだい。あ、ごめんなさい、鈴華様、お茶とか、えーっと、ああ、そういえば何の用で来たんだっけ？　ごめんねぇ、酒入るとさぁ、さっき聞いたことも忘れちゃって」

犀衣様に用があったわけじゃなくて散歩してただけで、犀衣様が手招いたのだけど……。

恨まれることを想像したら、犀衣様の幸せそうな顔を見ているのが辛くなった。

申し訳ない気持ちが湧いてきて、ソワソワしてしまう。

「犀衣様、本日は、素晴らしい藤の花に誘われて庭を散策させていただいていましたの。突然の訪問失礼いたしました。また、日を改めて、呂国のつまみを用意して伺おうと思います」

とりあえず、この場を離れよう。

気持ちの整理をしてから改めよう。うん、そうしよう。むしろ犀衣様と親しくなったら仙皇帝宮に誘ってみるとか？

「まぁ！　ワインはつまみの種類によってもいろいろな味が楽しめますのよ、楽しみだわ」

「呂国のお酒に合わせたものですのでワインに合うかはわかりませんが、いろいろと用意させていただきます」

「大丈夫よー。どんな物にも合うワインは存在するのよ。そこがワインの魅力ね。藤国には、どんなワインが合うかと一瞬で判断するワインの味の専門家もいるのよ～」

ワインの味の専門家？　料理人や杜氏とも違うってことかな？

犀衣様が、グラスのワインを空にして、侍女にお代わりを要求する。

本当にすごいペースでお酒を飲む人だなぁ。ワインって、それほどアルコール度数強くないとはいえ、大丈夫なのかな？　犀衣様がお酒に強い？

ワイン以外のお酒もたしなまれるみたいだから、つまみと一緒に呂国の酒も贈ってみようかな。

……私のせいで後宮を追い出されたって恨まれないように、特級品のお酒を贈ってみる？

退室の礼を取ってから紫の宮を後にする。

「楓、後でワイン……お酒関係の本を用意しておいてもらえる？」

「はい」

藤の花を楽しみながら黒の宮に戻る。

途中、クスノキの横を通るときに見上げてみたけど、マオは居ない。

忙しいのかな？　いや、忙しいよね。　仙皇帝だもん。

クスノキの上は息抜きの秘密の場所だったのかもしれない。

「邪魔じゃなかったのかな……。それに忙しいのに、交換日記……書いてくれてたんだなぁ」

そう思うと、もう一度全部丁寧に読み返したい気持ちになる。

「マオ……」

偽装とはいえ婚約するなら一緒にいる時間は増えるだろう。

「一緒に、いる時間が増える……んだ」

うふ、ふふ。楽しみ。そう、このわくわく感は、新しい本を手に入れて表紙をめくる前のあの感じ……かな？

夜、寝台の上でふわふわしながらいろいろと考える。

料理長は仙皇帝についてきてもらえそうだ。楓にも意志を確認しなくちゃ。

それから、スカーレット様とエカテリーナ様は？　侍女というか話し相手としてついてきてもらえないかなぁ。だめでも遊びに来てほしいな。

それから、苗子は？　仙皇帝宮では私の侍女にはなれないって前に聞いたけれど……。もう一度確認してみよう。離れるのは寂しいよ。

仙皇帝宮に入る前に一度里帰りして、家族と過ごさせてもらって。

これから先の未来を想像して、幸せな気持ちで目を閉じた瞬間、ぐらりと揺れた。

「え？　何？」

グラグラと揺れ続ける。私がおかしいんじゃない。カタカタと机も鳴っている。地面が揺れているんだ。

「じ、地震？」

「だ、大丈夫ですか、鈴華様！」

揺れが収まると、苗子が、寝間着姿のまま慌てて飛び込んできた。

必死の形相。私を心配し急いで部屋に来てくれたことにほんわりと胸の奥が温かくなる。

「ええ、大丈夫。仙山《せんざん》でも地震があるのね」

苗子が、震える手を私に伸ばしてくる。

あら？　苗子は地震が怖かったのかな？

「厄災事が起きたみたいです……。鈴華様……後宮は閉鎖されるでしょう」

後宮が閉鎖？　厄災事？

土砂崩れでも起きたのかな？　地響きはしなかったと思うけど？

ガタンと天井が音を立て、パカリと板が外れてレンジュが飛び降りてきた。

顔色がとても悪い。

「レンジュ、今の地震でしょう？　怖かったね」

レンジュは、小さく首を横に振り、消え入りそうな声を出した。

「今のは地震じゃない……。仙牢《せんろう》の開いた合図だ」

仙牢？　座敷牢と地下牢のほかに、まだ牢屋が存在していたのかっ！

「仙皇帝が資格を失った」

え？　仙皇帝が資格を失う？　それって、マオの話だよね？

どういうことかわからなくて説明を求めて苗子の顔を見る。

「仙皇帝の力に満たされたこの仙山で、人が殺されるようなことがあれば、仙山は穢《けが》れます。穢れは仙山を下り、世界中を覆いつくすことになる。その責任は仙皇帝にあるとされ、資格をはく奪されます。そして仙牢で穢れを祓わなければなりません」

「待って、殺されたって、どういうこと？」

なんで、苗子が知ってるの？　寝間着っていうことは揺れたときは部屋にいたんでしょう？

「仙山では、人は病になりません。後宮で過ごせば年は取りますが、体の機能を損なうことはありません。健康な人はずっと健康なのです。事故が原因であればすぐにわかるでしょう。病気でも事故でもなく、命を落とすとしたら……誰かに害されたとしか考えられないのです」

え？　本当なの？　苗子の言ったことの真偽が知りたくて、レンジュの顔を見る。

レンジュの顔は月明りの中でもわかるくらい真っ青だ。

「資格を失った仙皇帝は……仙牢に入れられる。一切の光を通さない闇の牢。年を取ることも寝ることも狂うことすら許されない牢の中で千年の時を生きなければならない……穢れを祓いながら……」

レンジュが唇を噛む。

「うそ、マオが？」

千年もずっと一人で牢屋に閉じ込められるの？

しかも真っ暗で、寝ることさえ許されないって……。どれだけ苦しいのか想像もつかない。

「マオ……。鈴華はマオから仙皇帝だと聞いたんだな。それで、お前はどう返事を……」

マオが仙皇帝だということはレンジュも知っているようだ。そりゃそうか、兄弟なのだから。

レンジュが驚いて私に手を伸ばすが、その手のひらをぐっと握り締めると、ドンっと壁を殴りつけた。

「いや、今はそんな話をしている場合じゃない。あいつが、一体どうしてこんな目に……あいつは、幸せになるべきだったんだ。その幸せを目の前にして、なぜ……」

レンジュの慟哭にも似た叫びに胸が張り裂けそうだ。

そりゃそうだ。いくら仙皇帝としての責任があるからって……。マオが人を殺したわけじゃないのに。どうして、マオが誰かのせいで牢屋に入れられなければならないの！

「誰が、誰を、殺したの？」

許せない、許せないよ、犯人が！

「まだ、わからない……」

レンジュだって、悔しくて仕方がないよね。辛くてたまらないよね。

「ねぇ、どうしたら、牢から出してもらえるの？　他に穢れを祓うことはできないの？」

レンジュが辛そうな瞳に暗い色を宿したまま私を見下ろす。

「そうだな。もし、殺人事件ではなく、事故で命を落としただけだとわかれば……そこに憎悪や悪意がなければ仙山が穢れることはない。だが……」

苗子が何かに気が付いたように、羽織《はおり》を私にかける。

それと同時に、扉が叩かれた。

「鈴華様、殺人事件の話を伺いに来ました」

苗子が扉を開くと、そこに仙捕吏長が十人ほどの人間を引き連れて立っていた。

ぼんやりとしたランプの光に揺らめいたその表情は何を考えているのかよくわからない。

「ああ、仁虎《レンフー》様、こちらでしたか。まもなく、仙牢が閉じます。お急ぎください」

レンジュがうなずき、私の体を包み込んだ。

レンジュの体は小刻みに震えていた。

耳元で悲し気な声が耳に届く。

「マオ……俺がわがままを言わなければ……お前を牢に入れることなどなかったのに、俺が仙皇帝の役割を押し付けなければ……」

レンジュの背に手をまわしてぎゅっと抱きしめる。

レンジュは悪くない。レンジュのせいじゃない。……そんなありきたりな慰めの言葉が頭に浮かんだけれど口に出すこともできなかった。

これから先、誰かと話をするときも、食事をするときも、今ごろマオは一人で……と頭をよぎるのだとしたら。レンジュにとってもこれは罰のようなものじゃないか。苦しいだろう。

私には何もしてあげられないの？

ああ、そうだ、私も苦しい。だから、何かしてあげたいと思うことでこの苦しみから逃れたい、それだけなのかもしれない。違う、そうじゃない。本当に何かしてあげたいのだ。その気持ちに嘘はない……。

ぐるぐるといろいろな感情が胸の中で膨れ上がって爆発しそうになる。

グラリと再び地面が揺れはじめた。

レンジュが弾かれるように私から離れた。

「仙牢の扉が閉まった……マオ……」

ぎりりとレンジュが奥歯を噛みしめた。

「じゃぁな。頼んだぞ苗子」

レンジュがいつものように天井裏へと消えて行った。

「頼まれましたよ……」

苗子が苦虫を噛みつぶしたような顔をしてレンジュを見送った。

それから残された仙捕吏長たちに視線を向ける。

「身支度だけさせていただいても？」

仙捕吏の後ろの男が戸惑い顔を見合わせたが、苗子が睨みつけた。

「証拠隠滅をお疑いでしたら、後ほど自白剤でも使ってお調べください」

仙捕吏長が頷くと、部屋を出ていく。

「鈴華様、お着替えを」

苗子がクローゼットから普段着よりも少し上等な服を取り出した。

ランプの明かりでもつやがあるのがわかる細い絹糸で丁寧に織られた黒い布で作られた襦裙。

「ひどい顔をしておりますよ、鈴華様。淑女であれば表情を隠し、どのようなときも笑顔を見せるものです。隙を見せてはいけません」

苗子がこんなときまでマナーを口にするものだから、ぐちゃぐちゃな気持ちが少し落ち着いた。

「何があったのか……聞かなくちゃ」

ぐっと腹に力を入れて前を向いて、仙捕吏長の待つ部屋へと足を踏み入れる。

仙捕吏が椅子に腰かけることもなく部屋で立って待っていた。

見張り以外の姿は見えないのは、黒の宮を調べているからだろうか？

仙捕吏は片眼鏡の位置を手で直すと、感情が見えない声で淡々と尋ねる。

「今日、紫の宮に行きましたね？　何のために？」

「何のためでもなく、庭を散策していただけで目的は特にないけれど……」

仙捕吏の口調は硬い。私は疑われているのだろうか？

「それは、本当ですか？」

本当だと答えるより先に、苗子が口を開いた。

「鈴華様はそういう方です。この間は白の宮を散策し、裙の裾も靴も雪が溶けた泥で汚して帰ってきましたし」

何も言われなかったけど、靴や裙を汚したことを苗子はちょっと怒ってたのかな？

仙捕吏がふぅと息を吐き出す。そして、口調が自然に戻った。

「散策していたというのは、楓や紫の宮の侍女であるカリナの証言と相違はないようですね」

指先が冷たくなる。紫の宮の侍女の証言って……まさか。

「誰が……殺された……いえ、亡くなったの？」

仙捕吏が一拍置いてから口を開いた。

「犀衣様です」

「え？　藤国の姫……犀衣様が？　嘘……だって、私、昼に顔を合わせたばかりで……」

がくがくと足が震えて床に膝をつく。

苗子が私の体を支え、椅子へ座らせてくれた。

足の震えは止まらず、寒くもないのに、震えは全身に広がり両手で体を抱き締める。

「お酒を飲みながら気さくに話をしてくださって……今度、呂国のお酒とおつまみを持って行くと約束して……」

自慢げにワインのグラスを掲げる姿や、ぐびぐびと水のようにワインを飲む姿を思い出す。

ここは天国よと幸せそうな顔をしていた犀衣様が……亡くなった？

「こ、殺されたって、本当なん……ですか？　誰かに刺されたとか？」

仙捕吏は首を横に振った。

「外傷はなく、毒殺されたようです」

「毒殺？　それは本当なの？　お酒の飲みすぎで体を悪くしてとか……本に、急性アルコール中毒というお酒が原因で亡くなることもあると読んだことが……」

殺人でなければ、事故であればマオは仙牢に入らなくてもいいんだよね？

「いいえ、ここでは、どれだけ不摂生な生活をしようと体調を崩すことはありませんし、犀衣様はお酒に強いと証言を得ています」

そうだ。レンジュも言っていた。病気にはならないと。それに犀衣様は確かにアルコール中毒を起こすようには思えない。

「でも、普段と違うお酒を飲んだとか。本にはいろいろなお酒を混ぜると悪酔いするということも書いてあったし……」

仙捕吏が再び首を横に振る。

「すでに、普段通りの飲酒をしていたと確認しております。口にしたものは、どれも毒見が済んでいるもの。普段から食べている物ばかりだったと」

必死に頭を働かせる。マオを助けたい。

「毒見が済んでいたなら、毒殺じゃないのでは？」

仙捕吏が首を横に振る。説明を始めたのは苗子だ。

「毒見をすれば絶対に安全というわけではありません。後宮に入ってくるものはまずすべて厳しく検査されています。それでもお腹を壊したりすることは時々起こります。扱い方によっては体に毒となるのです」

病気はしないけどお腹は壊すのか……。どういうことだろうか。体の内部に入れたもの、外的要因で体に不調をきたすことはあるってこと？

「また、毒見をした後に毒を入れられれば、毒見は意味を成しません」

「え？　それって……」

毒見が済んだワインを私は勧められた。そのときにこっそり毒を入れたと疑われているの？

「私が毒を入れたと？」

参考人として話を聞かれているだけ？　容疑者になっている？

「鈴華様は怪しい動きをしていないと楓から証言が取れています。……そのときの様子を事細かに覚えていました。犀衣様の服装から、テーブルに置かれたものの配置、そしてカリナともう一人の侍女のことも。ですから、楓の証言が記憶違いということはないでしょう」

ほっと息を吐き出す。楓がついてきてくれていてよかった！

「彼女は瞬間記憶能力を持っているの。集中して見ればその場面をまるで絵画に書き写したように覚えることができるのよ」

「鈴華様と楓が共犯でなければ、疑う余地はありません」

は？

「ちょっと待って、それって、私の疑いが晴れたんじゃなくて、楓まで疑われてしまったってこと？　冗談じゃないわ！　私も楓も無実よ！　だいたい、考えてもみてよ！　銀国の姫と一緒よ。藤国の姫を排除したって意味ないでしょう？　わざわざ仙山を追い出されるようなことして何の得があるのよ！　動機がないわ！」

仙捕吏がありえないことを口にした。

「今回殺されたのは藤国の姫ですが、一番の被害者は、彼女ではない。仙牢に入れられた仙皇帝豹龍《バオロン》様です。仙皇帝陛下は国を助けてくれなかったと逆恨みされることもあります」

「何よそれ！　マオは……仙皇帝が悪いわけじゃないわ！　そりゃ不作とか国が大変な思いをすることがあるのは知ってる。……呂国は豊かな国だから、苦しみはわかってあげられないけれど、でも……呂国は豊かだからこそ、助けられるの。呂国に助けてほしいと言ってくれれば助けられる。仙皇帝様じゃなくたってお互いの国が助け合えばいいのに……なんで、どうして……どうしてマオが仙牢に入れられなくちゃいけないのよっ！」

ひどい。ひどいよっ！

「仙皇帝に全部の責任を押し付けるなんて間違ってる！」

こみあげた怒りのままにのどがかすれるほどの大きな声を出した。

「穢れだって、なんで仙皇帝が責任を取らなくちゃいけないの……」

涙がこぼれる。人を殺したのはマオじゃない。

「犯人が責任を負うべきでしょ？　犯人を止められなかった者が。そして犯人を作り出してしまった人間すべてが……」

苗子が私を抱き締めた。

「鈴華様……それでも、穢れが広がれば世界が……多くの人が亡くなります。そうなれば、人を慈しんだ竜神様が狂ってしまうでしょう。生き物にとっては毒となる雨が降り注ぎ、生きとし生けるものは……」

どうして！　マオ、マオ、マオッ！

「う……うわぁーっ、あー、あーっ」

まるで獣になったように大声をあげて泣いた。

私が泣いている間、苗子はずっと抱きしめ、背中を優しく撫でてくれていた。

そして、私は、意識を失った。

目が覚めると、すでに日は高く昇っている。

「お目覚めですか、鈴華様」

苗子がすぐに濡らしたタオルを私の目に優しく当ててくれた。泣いたので腫《は》れているのだろう。

軽い昼食を食べると、苗子が静かに口を開く。

「鈴華様の疑いは晴れました。後宮が明後日閉鎖されるに伴って、鈴華様も国にお戻りいただけることになりました」

ぼんやりと苗子の言葉を聞く。

後宮が閉鎖される？　国に戻れる？　それは追い出されるってこと？

使用人たちはどうなるの？　もうみんなとはお別れ？　そんな突然……。

「お荷物の準備をさせていただきます」

苗子がまだ一度も袖を通してない服を丁寧に畳みだした。

ふらふらと力の入らない足取りで庭に出て、大きなクスノキを見上げる。

そういえば、初めてマオと会ったときも、私は泣いた後だったっけ。

泣き腫らした目を見て「誰にいじめられた」と心配して姿を見せてくれた。

まぁ、実際はいじめられたのではなく本が読めなくて泣いていたんだけど。

マオの顔を思い出すと、また涙が落ちる。

涙が落ちないように上を見る。

木の葉の間から光が漏れ葉っぱを明るく照らし、そこだけ白っぽく浮かび上がる。

木の枝から見えた白いブーツを思い出す。

違う。初めに顔を見たのは泣いた後だったけど、その前に木の上にいるマオと会話をしたんだ。

初めて黒の宮の庭を歩いたときに、いろいろな木が生えていることに感動して。クスノキの話をした。

マオはクスノキの話を聞いて私に「その知識は、君の何に役に立っている？」と言ったんだ。

私は、そのとき、役に立てたくて本を読んでいるのではないと……答えたのだったかしら？

「そうだ、本を読んで得た知識が役に立つと嬉しいと……そう思ったんだ……役に立って……」

袖口で、グイっと目元を乱暴に拭う。それから、裾が乱れるのも気にせずに、部屋に戻る。

すぐに机の引き出しを開いた。苗子はまだ机周りの物の荷造りはしていなかったみたいで、すべてがそのままになっていた。

レンジュから貰った大きな鈴が、そのまま机の引き出しに入っている。

「鈴華様、どうなさったのですか？」

鈴を思いきり振ると、リィーンと、涼やかな音が立った。思っていたようなリンリンリンという音ではない。何か仙術でもかかっている特別な鈴なのかもしれない。

「私、仙皇帝宮に行くわ」

手を止めて私の元に来た苗子に宣言する。

「え？」

すぐに、レンジュが姿を現した。

「大丈夫か、鈴華？」

泣き腫らした目の腫れはまだひいていない。ひどい顔をした私をレンジュが心配する。

レンジュだって、弟のマオが仙牢に入れられショックを受けているだろうに。

「レンジュ……私のわがままを聞いてくれる？」

レンジュが、私の手から大きな鈴を受け取った。

「ああ、もう二度目はないだろうからな……」

鈴を鳴らせばいつでも呼び出せると渡された鈴をレンジュは回収した。もう、会えないとそう言われているのだろう。

「私……マオを助けたい。十年でも二十年でも何年かかったとしても」

「いや、それは……」

無理だと言う言葉をレンジュは飲み込んだ。

「無理だったとしても、私……仙牢を出たマオを、抱き締めてあげたい……」

気が付けばボロボロと涙が落ちる。

「マオにもう一度会って、ありがとうってお礼を言って、待ってたよって……また、いろいろな話をしようって、そう言いたい……」

ごくりとレンジュが唾を飲み込んだ。

「千年の時はそう優しいものではない、退屈で気が狂いそうになる」

レンジュの言葉に首を横に振る。

「読みきれないほどの本があるんだから、退屈なんてしないわ！」

「はは、鈴華らしい……」

力ない声がレンジュから漏れ出る。

「私、初めてマオと会ったときに、何のために本を読むのかマオに聞かれたの。役に立たないのではないかって言われて。でもね、マオは私が本で読んだ知識を聞いて面白いって。私、そのときに、マオを楽しませるのに本を読んだことが役に立ったって嬉しくなって……」

レンジュが黙って私の話を聞いてくれている。

「だから、マオが仙牢を出てきたときに、たくさん楽しい話を聞かせてあげるの。そのときのことを考えて本を読むわ。きっと、ただ本を読むよりも、読んだ本の話を聞かせてあげることを想像していれば、退屈なんてしていられない。千年なんてあっという間よ」

レンジュがくくっと喉の奥を鳴らした。

「マオのために本を読むのか！　それはまた、とんでもねぇ口説き文句だな」

「そう、だから、お願い。レンジュ、私と結婚して！」

ぎゅっとレンジュの手を握り締める。

「はぁ？　なんで、俺をここで口説く？」

「だって、仙皇帝宮に行きたければ俺と結婚したらいいって言ってたでしょ？　私が仙皇帝宮に行くためにはこれしか方法がないんだからっ！」

レンジュが肩を落とした。

「千年後のマオに死ぬほど恨まれるじゃねぇかよ……」

「え？　何？　だめなの？　そこを何とか！　どうしても仙皇帝宮に行きたいの！　他に方法がわからないし、それに私、明後日には後宮にさえいられなくなっちゃうから、早く結婚しよう？　だめ？　だめなら他に誰と結婚したら仙皇帝宮に行ける？　仙捕吏長さんとかは？」

レンジュがぐっと私の肩に手をまわした。

「馬鹿が。据え膳を誰かに譲るわけねぇだろ。よし、結婚……いや、とりあえず婚約だ。いいな、立会人は苗子やれ」

え？　いいの？　喜んで顔をあげると、レンジュの顔が目の前にある。

レンジュの唇が、私の唇に触れ……え？　えええええ？　ほっぺとかじゃなくて、キス、接吻だよ！　いや違う、これ、口吸いだ！　口と口を合わせることから、隠語で「呂」っていうんだって本に書いてあった。呂国の姫が呂……って、脳内でわけがわからなくなっていると、パチパチパチっと線香花火のような火花が周りに飛び散る。

「これで婚約成立だ。苗子が証人だ」

唇が離れるとレンジュが苗子に指をさす。

「はい、確かに。仙皇帝宮に入るために、臨時で鈴華様が婚約したことを私が証明しましょう」

苗子の言葉にレンジュが嫌そうな顔をする。

「おい、臨時とか、仮とか、そんなのはいらねぇよ。そのうち本当になるはずだからな！」

「どうでしょうね？　というより、レンジュ、鈴華のあの目はいいんですか？」

あの目って何よ、苗子！

「今の花火って、レンジュとキスしたから出たの？　ねぇ、もう一回キスしたらまた出る？　苗子とレンジュがキスしても出るの？　それとも婚約者じゃないとだめなの？　気になる、ねぇ、レンジュ、いろいろ試したり」

わきゅわきゅと手を動かしてレンジュに近づくと、レンジュは苗子の後ろに身を隠した。いや、相変わらずでかい体は隠れてないけども。

「苗子、怖い、助けて」

「嫌ですよ……っていうか、明後日にはレンジュは仙皇帝に復帰するんですよね？　まさかとは思いますが、補佐官の私も復帰させるつもりじゃないですよね？」

え？

「レンジュが仙皇帝に復帰？」

「ああ、俺、マオが仙皇帝になる前の仙皇帝だった。マオが急にあんなことになって新しい仙皇帝の選定もできないからとりあえず俺が復帰することになった。で、苗子は俺の補佐官というか、右腕。俺が仙皇帝としてやってこられたのは苗子がいてこそ」

苗子が嫌そうな顔をする。

「そういって、仕事を押し付けられて、私はどれだけ大変だったか……。またあの生活に戻れっていうんですか？」

驚きに口がふさがらない。

「レンジュって宦官でしょ？　宦官が仙皇帝になれるの？　そりゃ独身を貫くのはわかる、大丈夫、私、レンジュが宦官だってばれないように完璧に仙皇帝の婚約者役演じてみせるから。それから、苗子は男装して官吏になった有能な女性ってことなのね？　大丈夫、その秘密も守り抜いてみせるからね？　ああ、小説みたいだわ。女装した官吏が皇帝に見初められ……待てよ？　そうなると、邪魔なのは婚約者の私ということに？」

と、物語のような事実に気が付いて心躍らせていると、苗子が頭を下げた。

「鈴華様、申し訳ございません、私は実は宦官です。騙そうと思っていたわけではなく、後宮と仙皇帝宮を行き来する者が必要なため、どの宮にも配置されていまして……」

「え？　苗子、宦官なの？　良かったね～」

ほっとして声をかけると、苗子が頭をあげた。

鳩が豆鉄砲を食らったような顔をしている。

「その、宦官……つまり、元男でありながら、侍女を……その……良かったとは？」

「そりゃ、その……もし、本当に女だったら、流石にあまりにも絶壁すぎるでしょう？　いくら胸が小さいにしてもあまりにも男みたいだと……もちろん気にしない人もいるけれど、苗子は気にしてたみたいだから……」

「は？」

苗子が胸に手を当てた。

「あははは っ、鈴華、お前すごいな。普通は身の回りの世話を宦官にされてたと知ったら恥ずかしがるか怒るかだろうに、そのどちらでもなく、苗子の心配が解消されたと喜ぶなんてな」

苗子が泣きそうな顔をしている。

「ありがとうございます鈴華様……」

「あ、もしかして仙皇帝宮では私と一緒にいられないっていうのは宦官だと知られたら侍女を辞めなくちゃいけないって思っていたから？　もし、そうなら……私、宦官でも苗子にずっと侍女をしてほしいの。だめ、かな？」

苗子がにやりと笑ってレンジュを見た。

「というわけで、私は鈴華様の侍女を続けるので、仙皇帝陛下の補佐官は別の者を探してくださいね」

「苗子、しゅき！　大好きっ！」

思わず苗子に抱き着く。

「は？　待て、苗子……！　鈴華もよく考えるんだ、仙皇帝妃にふさわしい教育といって特訓の毎日が待っているぞ？」

え？　特訓？

「えーっと、苗子？」

苗子が無表情に笑っている。

う、うう、何も言わせないという顔ですね。わかりました。

レンジュは苗子の顔を見て逃げるように天井裏に消えた。

「このようなことで仙皇帝妃になって、本当に良かったのですか？」

苗子の質問に、用意された柚子茶を一口飲んでから答える。

「仙皇帝妃じゃないわ。仙皇帝の婚約者よ。後悔があるなら婚約を解消すれば済むでしょ？　レンジュだってそれがわかってるから、私のわがままを受け入れてくれたんだと思うわ」

苗子が微妙な顔つきをする。

それからすぐに黒の宮の使用人を集めて、仙皇帝宮に一緒に行ってくれる人を募った。準備もあるだろうから急ぐに越したことはない。

黒の宮で働いている者たちだけでは足りないということで、苗子は他の宮で働いている者たちの採用に関してなど動き回っている。私の荷造りは、楓が手伝ってくれることになった。

「私が仙皇帝宮で働けるなんて、夢みたいです！　本当に私なんかがいいのですか？」

楓の言葉にびっくりして息をのむ。

「私なんかって言った？　楓はすごいよ？　キビタキのときも火事のときも、楓が協力してくれたから解決できたんだよ？　専属司書《ししょ》としてついてきてくれるのに感謝してもしきれないよ！」

楓が首を横に振った。

「私はまだまだです。記憶できても文字が読めないことも多くて役に立てないし……でも、頑張り……鈴華様？　どうかしたんですか？」

楓の言葉に、頭を強く打たれた。

千年後に、おかえりを言うために仙皇帝宮に行く？　そんなの、何も解決してないじゃない。

千年もマオが苦しむことに何も変わりはないじゃないっ。

「ねぇ、楓、キビタキは誰かの手によって殺されたんじゃなくて、毒の木の実を毒だと知らなくて食べてしまっただけだったわよね……」

楓の返事を待たずに言葉を続ける。

「火事も、誰かが火をつけた事件ではなく、偶然が起こした発火によるもので事故だった……」

立ち上がって楓の手をつかむ。

「行きましょう！　こんなことしてられない。殺人事件じゃない、あれは悲しい偶然が引き起こした事故だと……そう証明できればマオを助けることができる！」

「え？　鈴華様？」

そのまま紫の宮へと足を進める。

建物の中に勝手に入ってはだめだとは思うけれど、今の私の立場は仙皇帝の婚約者だし、マオを救うためだし後でレンジュに何とかしてもらおう。

「鈴華様っ！　あの、おめでとうございます」

建物の中に入ると、驚きながらも紫の宮の使用人が口を開いた。

グイっと、その使用人の肩をつかむ。

「何がめでたいの？　藤国の姫が亡くなったというのにっ！」

それをめでたいと言うなど……と強い口調で問えば、こちらを見た使用人の顔はひどいものだった。

泣いたんだろう。目は真っ赤だし、涙の跡が赤く腫れてるし、髪も乱れている。

「あ、いえ、その仙皇帝とのご婚約の……」

そっちか！　もう話が回っているのか。

「ありがとう、ごめんね、辛いときに。悲しいよね。……でも、話を聞かせてほしいの。犀衣様が亡くなった原因をはっきりさせたいから。話を聞かせてくれない？」

使用人が頷いて人を集めてくれた。

「あの日、何を口にしたのか教えてくれる？」

「いつも通り、朝は味噌のスープと魚とごはんです」

料理人がエプロンのポケットからメモ帳を取り出し読み上げた。

「味噌は豆味噌。具はワカメとネギ。出汁には鰹節を使ったいつもと同じものです。魚はマグロのトロをあぶったもの。日替わりですが、大きな魚ですから同じ魚を使用人も皆口にしております。それからご飯も一度に炊いて同じものを皆が食べました」

その後を侍女が続ける。

「昼食は食べずに、お昼近くからお酒をお召し上がりになっておりました。いつもと同じようにワインを。お酒の専門家が休みでしたので、私が蔵から出しました。全部で十三本です」

お酒の専門家？

「そういえば、私が訪ねたときにいつもの者が休みだと言っていたわね。色の悪いワインを出すなと叱られていたのは、あなたね？」

こっそり楓に確認すると、楓が小さく頷いた。目が悪いから顔が見えないのよね。

「はい。あの日のことは仙捕吏長様にも何度も尋ねられました。私は休んだ者から頼まれていた通りに、棚の左端から順にワインを出していただけで……毒なんて入れていませんっ！」

首をかしげる。

「順に？　でも色が悪いと言われたあと、綺麗な色のワインを出してくれたでしょう？　探して交換してくれたんじゃないの？」

侍女が首を横に振った。

「いえ、お酒の専門家がいつもしていた、色を良くする方法をまねてお出ししました」

ああ、本で読んだことがある。泡立てないように注ぐ方法だとか、沈殿物が混ざらないように静かに注ぐ方法だとか、お酒に限らず飲み物によって注ぎ方一つで色や味が変わるんだよね。

「なるほど。いつも通りに酒を持ってきただけで特別なものは出していないのね？　つまみは？」

料理人がまたメモを見ながら答えてくれる。

「一つ目が焼き魚……サバの干物、塩気が強めのものです。お酒が進むと味覚が鈍くなり味があまりわからなくなりますので、味が薄いものに変えていきます。塩分を控えた物で、噛み応えや食感に変化があるものに。あの日は、鹿の干し肉、茹でた豆の後はナッツの盛り合わせとピーナッツ、それから最後に揚げた芋を出しています」

「特別凝った料理は出さないのね？」

料理人がうなずいた。

「はい。手で気軽に食べられる物がよいと犀衣様が仰っていましたので、ほとんど同じようなものを毎日出しておりました」

なるほど。

「楓、メモを見せてもらって」

二秒見て、記憶してもらう。

「ありがとう。行こう、楓！」

聞きたいことは聞けたので、紫の宮から仙皇帝宮に向かう。

仙皇帝の婚約者になったけれど本当に入れるのかな？　と、思ったら扉を叩いたら自然と開き中に入ることができた。

「うわ、何？　防犯大丈夫？　結界とか不思議な力が働いてるの？」

仙皇帝の婚約者になったから通れるようになったってことだよね？　仕組みが気になる。

「ねぇ、地下図書館はどこ？　案内して！」

仙皇帝宮の内側に立っていた門番に声をかける。

「ん？　新しい宦官か？　図書館ってことは鈴華姫のお使い？」

私がその鈴華姫ですけど。説明もめんどくさいので適当にうんうんと頷いて案内してもらう。

廊下を三度曲がり、地下へと続く長い階段を下りると、一つの扉があった。

両開きの巨大な扉。何かの本で読んだ地獄の門みたいな荘厳さだ。

ぶるりと震えるのは、武者震い。……ここが、世界中の本が集まる地下図書館。

「行くわよ、楓」

甲冑に身を包んだ人が二人立っていて、扉を開けてくれた。

一歩足を踏み入れると、紙やインクの匂いが全身を包む。

本に抱かれている……。そんな言葉が脳裏に浮かんだ。

地下だというのに、煌々と明かりがともされて視界に困ることはない。

人の背丈の五倍はあろうかという高い天井。ぐるりと囲われた壁には本がずらりと並んでいる。

中央に天井まで届く柱のように突き出しているものも本棚だった。

どうやら、その中央の柱が仙皇帝宮を模したもの、そこを中心として八つの区画に別れていてそれぞれの国の本が収められているようだ。

圧倒されるほどの量の本に、ただただため息しか出ない。

中央の柱にはカウンターがあり司書がいた。置かれている名札にはジュジュと書いてある。

「何の本をお探しかな？」

見た目は三十代にしか見えないのに老人のようなしゃべり方でジュジュが口を開く。

「ははは、ワシはな、こう見えてもここに三百年もいるじじぃじゃ」

すごい！　図書館の仙人だ！　と、感動している場合ではない。

「毒の本を」

司書は片方の眉をちょいとあげてから立ち上がると、中央にある太い柱型の本棚に設置されたらせん階段を上りながらある場所で止まり本を三冊ほど抜き出した。

「これが、最新の毒に関する辞典のような本じゃな。こちらが即効性の毒の本。こちらが遅延性の毒の本。それから、これが解毒方法を記した本じゃ。個々の毒について知りたいのであればそれも揃っておる」

手渡された本の著者名を確認すると、ジュジュと書いてあった。

「これ、ジュジュさんが書いたんですか？」

ジュジュさんがふぉふぉふぉと老人のような笑い方をした。

「毎年たくさんの新しい本がこの図書館には運び込まれてくる。世界中から何千何万と。ワシはな、その中で必要がありそうな本を読み比べてまとめる作業をしておるのじゃ。なかなか楽しいもんじゃぞ？」

なんと！　それは楽しそう！　同じ物語でさえ国が違えば翻訳の過程や国が常識とする背景の違いで違ってくるんだもの。それらを比較するなんて！

「時代によって毒だとされるものが増えていくのも面白いぞ。ここ十年の間に新しく毒として認知されたものは、おしろいじゃな。化粧を毒と知らず使用を続けて死に至るとは、何とも恐ろしいもんじゃて」

犀衣様もそれなのでは？　だったら、事故じゃないの？

「それにしても何か事件があったのかの？　毒の本を昨晩も見せてほしいと頼まれたばかりじゃ。おっと、この本は持ち出しは禁止じゃからの、中で読んでいくんじゃぞ」

「待って、昨晩ってもしかして仙捕吏長が見に来たの？」

「うーん、仙捕吏長もいたかのぉ。かなりの人数でやってきて、片っ端から毒の本を読み漁って帰っていったぞい？」

そりゃ、そうか。仙捕吏だって調べるよね。

犯人を捜すだけが仕事じゃない。死因を調べるのだって……。何の毒が使われたか調べるのだって、仙捕吏の仕事だ。私一人が改めて調べたって新しい発見があるわけないか。

「鈴華様、あのぉ、私は、何の本を読めばいいですか？　えーっと、豆味噌、ワカメ、ネギ、ごはん、マグロ……」

楓の言葉にハッとする。

「ジュジュさん、仙捕吏たちは毒の本以外を調べてましたか？」

「いや」

まだ、調べられていないことがある。私にもできることが残っている！

「毒以外で外傷なく人を死に至らしめることに関する本ってありますか？」

「ふむ、驚きすぎて心臓が止まるというのを読んだことがあるぞえ。あとは急に寒いところへ出たときとかの。心臓が弱っておるとそういうことも起きるようじゃ」

確かにそれは聞いたことがある。けれど、犀衣様が心臓が弱かったなんて話があればすでに調べられてるだろう。

「他にはのぉ、そうじゃそうじゃ、食べると危険なものがあるというのも見たことがあるのぉ。赤ん坊にはちみつを与えてはならんというものじゃった。あとフグという魚」

魚?

「ジュジュさん、今から楓が言う食べ物に危険なものはありますか?」

もう一度楓に覚えた料理長のメモを読み上げてもらう。

豆味噌、ワカメ、ネギ、ごはん、マグロ、ワイン、サバの干物……。

「うむ、そうじゃなぁ、酒は体質に合わないと中毒で死ぬ。飲みすぎると内臓を悪くして死ぬ。安酒には毒物にもなるものが混ざっていて飲むと死ぬ。塩もそうじゃな。過剰摂取で体を悪くして死ぬ。逆に全く摂らなければ死ぬ。のどが渇いたからといって海の水を飲むと死ぬ」

犀衣様は酒は大丈夫だ。塩も過剰摂取の可能性も少なそう。安酒が出るわけがない。海水を飲む必要もない。

「マグロのトロに近い油の乗った魚にアブラボウズという魚がおるんじゃが、うまいがお腹を壊し大量に食べれば最悪死ぬ」

お腹を壊していた様子もないからそれも違う。

「乾燥したワカメをたくさん食べてから水分を取るとおなかの中でワカメが膨れ上がり」

調理したワカメだからそれもない。

っていうか、どの食べ物も体質に合わない人が食べれば危険があるし、食べ方を間違えたり過剰に口にすると危険だということがわかった。

「ふむ、他に聞きたいことがあればいつでも声をかけるのじゃ」

ジュジュさんは司書の仕事に戻り、私と楓は、読書用スペースの椅子に座った。

もう、これ以上、何を調べればいいのかわからない……。こんなに本があるのに、何の本を読んでいいのかわからないなんて……。マオを……助けられないの？

「怖いですねぇ。食べ物って……美味しいからって食べすぎちゃだめだということがよくわかりました。お菓子を食べすぎるとだめっていうのは愛のある言葉だったんですねぇ。今度からはちゃんと守ろうと思います」

楓の言葉に返事を返せないでいると、楓は続けた。もしかしたら私が気落ちしているのを励まそうとして話をしてくれているのかもしれない。

「そういえばお酒のおつまみの味をだんだん薄くするって、味がわからなくなるなら逆にわかるように濃くすればいいんじゃないと思って聞いてましたけど、あれも塩分を摂りすぎないようにって犀衣様の身を案じてのことだったんですねぇ」

楓の言葉に、新しい事実に気が付く。犀衣様は、紫の宮の使用人に大事にされていたんだと。お酒ばかり飲んでだらしのないと思われそうな姫だったけれど。陽気に私を手招きして笑顔で迎えてくれた。

使用人を困らせるようなこともなく、笑顔を向けていたのだろう。

侍女もひどい顔をしていた。泣いたのだろう、たくさん。他の使用人の顔は……遠くてよく見えなかったけれど。きっと同じように悲しみに暮れる顔をしていたに違いない。

だとすれば、紫の宮の使用人が毒を混入させるなんてことは考えにくい。使用人に聞き取り調査をすれば、犀衣様が慕われ恨まれるようなことがなかったことはすぐにわかるだろう。

ならば、本当に、一体誰が、なぜ犀衣様を手にかけたの？

犀衣様への恨みでなければ、本当に仙皇帝を……マオを仙牢へ入れるため？

ふと、黒髪が不吉だと言われていることが頭によぎる。……そんなことで？

ぶるぶると頭を横に振った。

マオが……仙皇帝が黒髪だということは後宮の使用人は知らないはず。

落ち着いて初めから考え直してみよう。

犀衣様は、いつものように朝食を食べ、いつものように酒を飲み、いつもの……。

いつもと違ったのは、私？

何か思い出しそうで……あのときのことを……。

「そうだ！」

ジュジュさんの元へと走り寄る。

「ジュジュさん、ワインのことを教えてください！」

「生憎《あいにく》とお酒には興味がなくて読んだことはないのぉ。ワインに関する本じゃったら、藤国の百五十年ほど前が一番たくさんあるぞ、このあたりじゃ」

ジュジュさんが、図書館の地図……本の配置図を指でトントンと叩きながら教えてくれた。

「楓、行こう！」

言われた場所には確かにワインに関する本がずらりと並んでいた。

楓が本の背表紙を見て、泣きそうな顔をする。

「鈴華様、私には藤国の文字が読めません……お役に立つことができそうに……」

ああ、そうか。

メモ用紙に「毒、死、病」という言葉を藤国の文字で書く。

「この三つが出ていれば教えて。内容を読む必要はないから」

ワインに関する本を手にまずは目次。そして関係がありそうなものと、全く関係がなさそうなもの、どちらか判断つきかねるものに簡単に分けて、関係がありそうなものを楓の手に渡す。

楓は指で文字をなぞりながら「毒、死、病」の文字を探し始めた。

私も同じように、本の内容を読まずに、必要な単語を探すために流し読みを始める。

どれくらい時間が経ったのだろう。ジュジュさんが来てポンを私の肩を叩いた。

「熱心じゃのぅ。じゃがもう日が暮れる時間じゃぞ。ここにいると窓もなく時間の感覚がなくなるからのぉ。じゃからこそ、時間を気にして生活をせにゃならん」

窓がない場所……マオもそんなところに……。明かりもない場所。時間を教えてくれる人はいるのだろうか？　誰からも話しかけられることなくずっと一人なのだろうか……。

「もう少し……」

せめて借りる本を選んでここを出たいと、ぎゅっとこぶしを握る。

「鈴華様、ありました！」

楓が本を開いて嬉しそうな顔で私に向けた。

楓がトントンと指さしている場所には確かに毒の文字。

すぐに楓の手から本を取って読む。

「み……見つけた……あとは、この通りだったのか確かめれば……」

ごくりと唾を飲み込む。

ジュジュさんに本を貸してもらい、すぐに地下図書館から出る。たくさんの本に囲まれる時間はとても幸せなはずなのに、今は本に囲まれるよりももっと大事な、すべきことがある。

持ち帰った本を部屋で読む。苗子はいつものように夜中まで本を読んでいることに対して注意したりしないで見守ってくれていた。そして、本を読んでいる間に、指先が震える。

この本に書いてあるこれが原因だとしたら……。

胸が、ずきずきと痛む。

もし、私があのとき……紫の宮の庭に足を踏み入れなければ、犀衣様が死ぬことはなかったかもしれない。

その事実と向き合うことが苦しくて目をそらしたい。私のせいじゃない……。

私のせいじゃないけど……私が違う行動をとれば防げたのかもしれない。やっぱり私のせいかも……と、ぐるぐると考えが回り苦しい。けど、もっと辛いのは、きっと……。

私以上に苦しむであろう人のことを思ってさらに胸が痛くなる。

知らないままなら苦しむこともないのに……。事実を突きつけて私が苦しめてしまう。

でも……明らかにしなければならない。私も一緒に苦しみを背負って生きていく……。

夜が明け、楓と紫の宮の庭でそれを見つけたときには両目から涙が落ちてた。

「鈴華様、ちぎられた跡がたくさんあります。想像通りいつも使われていたのだと思います」

「大丈夫ですか？　鈴華様」

苗子が足に力が入らなくなりふらついた私を支えてくれる。

自分の罪を……伝えなければならない。

「仙捕吏長に来てもらいましょう……」

まだ日が昇ったばかりの早朝だというのに、仙捕吏長はすぐに駆け付けてくれた。二人の補佐官を連れている。

紫の宮の使用人全員と、私と楓と苗子、そしてレンジュの姿もある。レンジュは仙捕吏の格好をしてまぎれていた。

「このような時間に集まっていただきありがとうございます。犀衣様が亡くなった日の事実を少しでも早くお伝えしたくて」

誰も、眠そうな顔をしていない。不満そうな顔も。

それだけみんな、犀衣様が亡くなったことに心を痛め、真実が知りたいと思っているのだろう。

「真実とは？　犯人がわかったのですか？」

仙捕吏が早口で尋ねる。

「まずは、当日のことを再現したいと思います。同じように準備していただけますか？　……東屋でお酒を飲むところから。犀衣様の役は、苗子にお願いしました」

苗子と視線を合わせると苗子が頷いた。

東屋に向かうと、当日のことを使用人たちが思い出し、お互いに確認し合いながら動き出す。

「犀衣様はこちらの席に座っておいででした」

侍女がワインを。料理人がつまみを運んでくる。

グラスに侍女がワインをなみなみと注ぐ。流石に、苗子はお酒を飲むわけにはいかないので、飲んだことにして大きな器にワインを移していく。

おつまみも食べたことにして、別の器に置いていく。

そうして、ワインの瓶を三本ほど空にしたところで、私と楓の出番が来た。

「あら？　お客様？」

記憶を頼りに、苗子には犀衣様の行動を模すよう伝えてある。

手招きされ、椅子に座る。

あの日の犀衣様の姿を思い出し、泣きそうになるのをぐっとこらえて再現していく。

「色が悪いわね、いつものを出して」

あの日と同じように言われた侍女があの日の自分の行動を思い出してすぐに別のワインを用意しようと動く。

「待って、言葉が抜けているわ、ここであなたは言ったわよね。いつもの酒の専門家が休みだと」

はっと侍女が思い出したのか、頷く。

「は、はい。確かに。姫様のご指示にすぐに従わずに言葉を返しました。ですが、あの、反意があったわけではなく……」

慌てて侍女が再現しなかったことを言い訳する。

「ええ、わかっているわ。続けて。ここからは、仙捕吏長、彼女の行動を追ってちょうだい」

しばらくして、侍女があの日のように色の美しいワインを持ってきた。

私が帰った後も、当日の再現は続く。あの後も、侍女は色の美しいワインを何本も持ってきては犀衣様のグラスに注ぐ。

浴びるようにお酒を飲む犀衣様。

最終的に十三本の瓶を空にしたところで再現が終わった。

仙捕吏が首をかしげた。

「これでいったい何がわかるのですか？　聞き取り調査で済んでいる通り、何も問題はなかったと思いますが」

自分の罪を告白する時間だ。そして、人の罪を暴く時間。故意ではない、知らないままならば苦しむこともなかった。

東屋の椅子に、改めて腰かける。仙捕吏長にも座ってもらった。仙捕吏の後ろにはレンジュが。私の後ろには苗子と楓が立っている。

「あの日、紫の宮では〝いつもと違うこと〟が二つありました」

もし、いつもと同じであれば犀衣様は死ぬことはなかった。

「一つは、私が紫の宮の庭を訪れたこと」

私が来なければ……。私が……ぎゅっと胸が締め付けられる。私のせいで犀衣様が……。私が……。泣くな。泣くな、泣くなっ。

「はい、それはこちらも早々に把握し、失礼だとは思いましたが参考人として話を聞かせていただいたのでわかっています。疑いがないことも確認済です」

そう、私は殺してない。手を下してはいない。だけど……。

「それから〝いつもと違うこと〟の二つ目は、酒の専門家が休みだったこと。いつも酒の専門家がしていたワインの色を良くすることを……いつもとは違う侍女が行ったこと……」

侍女がハッとする。

「私は、確かにいつもしてませんでしたが何度も見ていました。間違えた実を使ったりしてません。同じ実を取ってきて、汁を絞って入れました。毒を混入させたりなどしてません」

仙捕吏長に尋ねる。

「どのように作業していたのか、もう少し詳しく……見たままを教えていただけますか？」

仙捕吏がうなずいた。

「庭の西側に生えている植物から、房になっている紫色の実を取ってきていました」

視線を楓に向けると、楓が取ってきた実をテーブルの上に出した。

「この実で間違いないですか？」

うんと仙捕吏長がうなずく。

「私も楓も、その植物を確認しました。いくつも房がちぎられた跡があったので、いつも使っていた同じ植物なのでしょう」

ほっと侍女が息を吐き出す。

仙捕吏長が続けた。

「色が移りやすく取れにくいということで、器に房ごと入れて、先が紫色に染まった棒でつぶしていました。いつも使っている道具なのでしょう」

「どんな動きでしたか？」

仙捕吏が手近にあった器と筆を使ってそのときの様子を再現してくれた。

「早くワインを持って行くためか、非常に急いで力強くつぶしていました」

仙捕吏の答えに、ぐっと奥歯を噛みしめる。

侍女のために違えばいいと思っていた。マオのために違わなければいいと思っていた。どちらに傾いたとしても……。苦しみから逃れられるわけではないというのに。それでも、想像通りの答えに言葉に詰まる。

「そのあとは？」

「汁を、ワインと混ぜていました。すると、ワインの色が驚くほど綺麗な色になりました。他に何かを混ぜるようなことはしていません」

泣くな。真実を知った侍女が絶望する姿を想像して、逃げ出したくて仕方がない。

「鈴華様、私が代わりに……」

すべてを伝えてある苗子が気を遣って私に耳打ちする。

いいえ。これは私の責任。あのとき、紫の宮の庭に足を運んでしまった私の……。

ふぅと小さく息を吐き出してから、口を開く。声が震えそうになるのをゆっくり話すことで抑える。いや、抑えきれなくて震えた声が出る。

「この紫色の実はヨウシュヤマゴボウと言い、有毒植物です」

侍女がハッと口を押えてから、首を振る。

「知らなかった、だって、いつも使われていて何もなかったし、だから、毒だなんて……」

「そう、いつも使われている、これはいつもと同じ。いつもと違ったのは……使い方です」

ちらりとそこに真っ青な顔をして立っていた使用人に視線を向ける。専門家だろうか。目が悪くて表情は見えないけれど顔色というのは見えるものなんだとぼんやりと考える。

「いつもは、どうしていたの？」

「は、はい……実だけを軽くつぶしてその汁を煮て灰汁を取って冷ましてからワインに混ぜていました……」

もう、あとは事実を述べるだけ。ここまで聞けば、私が言わなくたって仙捕吏たちが調べればわかること。言っても言わなくても結果は変わらない……。けど、私の罪を告白するように最後まで伝える。

「ヨウシュヤマゴボウは加熱することで毒が消えると本に書いてありました」

楓が、地下図書館から借りた本を机の上に置き、しおりを挟んだページを開く。

仙捕吏がすぐにそのページに視線を落とした。

「で、でも、生でその実を食べても平気でした」

下働きの一人がおずおずと声をあげた。

「毒は実には少なく、種には多い」

侍女の顔が真っ白になり、倒れてしまった。

「なるほど……。急いで実をつぶそうとして、種を一緒に砕いてしまい強い毒素が出てしまった。それを熱することを知らずにそのままワインに入れたことで、毒入りワインが出来上がったというわけですか」

仙捕吏長の言葉に頷いて見せる。

「強い毒とはいえ、少量では命を落とすようなことはない、だから生で実を一つ二つつまんだ者がいても症状一つ出ないから毒に気が付かない」

仙捕吏長がああとつぶやいた。

「犀衣様があれほど大量に毒入りワインを飲まなければ……」

意識を失った侍女は、仙捕吏補佐たちが連れて行った。どこへ連れて行ったのだろう。

「殺人事件ではなく、不幸な事故だったと……私は、考えます」

私の言葉に、仙捕吏が立ち上がる。

「ありがとうございます。鈴華様。その線で調べ直してみましょう」

深々と頭を下げて仙捕吏が立ち去った。

「私が……わた……しが……紫の宮の庭に行かなければ……私が……」

ぽろぽろと涙が落ちる。

「鈴華様のせいではありません。仰ったではありませんか、不幸な事故だったと」

苗子が、私を抱き締めた。

「でも、でも……あ、あああ、ああああ」

紫の宮の使用人が複雑な顔をしてこちらを見ている。

「ごめんなさい、私が、私が……」

苗子が、さらに私を抱き締める力を強めた。

「それを言うならば、ふらふらと庭を散策することを許してしまった侍女の私の責任です」

「ちがうよ、苗子は、苗子は悪くな……」

「飲みすぎですと、普段から止めることができなかった私の責任もあります」

「いいえ、ワインの色を良くする方法をきちんと伝えておけば……」

それぞれが、誰かのせいだと責めることはなく、罪を告白していく。

「誰も、悪くない。いいや、悪いのは……命を奪うほどの毒を持つ植物を庭に植えることを許可した仙皇帝だ」

レンジュがさめざめと泣く皆の前で低い声を出した。

「すまなかった。結果として皆の心を苦しめることとなった」

苗子の腕から逃れて、レンジュの下げた頭を抱える。

「レンジュは……仙皇帝様は悪くないよ、何もかも知っているわけないんだもの……だから、私、私が、本をもっといっぱい読んで毒のある植物には気を付けるように立札を立てるようにするよ、必要な手順を書いたマニュアルを作って提出するようにお願いするし……私、仙皇帝宮に行ったら、いっぱい役に立てるように頑張るから……」

レンジュが頭を抱えている私の背に腕をまわした。

「頼りになる仙皇帝妃……俺の嫁だ」

レンジュの言葉に、皆の涙が一斉に止まる。

「「「仙皇帝様?」」」

そうか、私が仙皇帝様と婚約したという情報はもうみんな知ってたんだっけ。それで私を嫁と言えば、レンジュの正体もばれるよね。でも。

「違うからね? 婚約者っていうだけで、嫁じゃないよ?」

って、否定の声は、皆の大騒ぎにかき消された。

あれ、マオが戻ってくるとレンジュは仙皇帝に復帰することもなくなるよね? そうなると私はどういう立場になるんだろう?

終章

仙捕吏長が頑張ったんだろう。

次の日には殺人ではなく事故だったということになり、マオが仙牢《せんろう》から出されることになった。

レンジュにわがままを言って、仙牢の前で扉が開くのを待つことになった。

「いいですか、鈴華《リンファ》様、仙牢の中はどうなっているの？　と飛び込んではいけませんからね？」

横で、繰り返し苗子《ミャオジー》が私に注意を促す。

「ははは っ、もし鈴華がうっかり飛び込んだら、俺も一緒に入ってやるよ。一人じゃ辛くても、二人なら何とかなりそうな気がするからな！」

逆側にはレンジュもいる。

「いいえ、そのときは私もご一緒します。三人ならさらになんとかなるでしょう？　そうですね。仙牢に閉じ込められている間は毎日付きっ切りでマナーの特訓でもしましょうか？　本も中にはありませんしね」

苗子が怖い。

「飛び込んだりなんてしないよ……」

本がないなんて！

毎日特訓だなんて！

ぶるぶると身を震わす。

でも、レンジュと苗子と一緒なら……。

グラリと地面が大きく波打った。

仙牢……大きな岩が動いてぽっかりと山の一部に穴ができた。

思わず走り出した私に、苗子とレンジュが慌てて手を伸ばしたけれど、捕まることなくそのまま駆け抜けた。

「マオっ！」

穴に人の姿が見えたのだ。

思いきりマオに抱き着いた。

「マオっ！　マオ、マオっ！」

おかえりって言うどころじゃない。

繰り返しマオの名前を呼ぶことしかできなくて、ただ、もう、良かったって。

「鈴華……」

マオが私の体に手をまわし、肩に顔を埋めた。

「もう、二度と会えないかと思った……。鈴華……顔を見せて」

マオが体を離すと、私の顔をじっと見ている。

マオは少しやつれていたものの、幸せそうな顔をしている。

「ずっと鈴華のことを考えていたよ……後悔ばかりだったけど」

「後悔？」

「もっと早く思いを伝えればよかったとか、こんなことになるなら何も伝えなければよかったとか……そもそも、初めに声をかけなければ……出会わなければよかったとか」

「何それ……私と出会わなければよかったって……ひどいよ、マオ……」

マオが笑った。私がぷぅっと頬を膨らまして怒っているのに、なんで笑うの。

「うん、鈴華の顔を見たら、後悔してた自分を後悔してる」

「そっか。よかった。あのね、マオ、私」

マオにたくさん話をしたいことがある。

みんながそれぞれに、あのときああしていれば、こうしていればと思うことがあって。

誰にも関わらなければ、目も耳もふさいで知らないままでいれば、後悔することもないかもしれない。

でも……。私は知ってしまった。だから、本をただ読んで楽しむだけで完結はしたくない。

図書館司書《ししょ》のジュジュだって、本を読んで、必要な情報をまとめて本にしていた。バラバラになっている各国の毒の情報を集めて一つにしていた。人の命を守るために大切な本を作っていた。

私にも何かできるかもしれない。本の妖怪《ようかい》にも。何か……。

「仙皇帝《せんこうてい》陛下、ゆっくりお休みになれましたか？　ここ数日休んでいた仕事がたまっていますよ」

レンジュがマオの襟首《えりくび》をつかんで引っ張った。

「兄さん、え？　仕事？　えっと、僕は仙皇帝の座を降ろされたのでは？」

「いや。取り消し取り消し。殺人事件なんてなかったしな。全部なかったことになって、引き続きお前が仙皇帝な。ほら、行くぞ」

レンジュがマオを引っ張って仙皇帝宮へと向かう。

レンジュも嬉しそうだ。そりゃそうだよね。弟が無事だったんだもん。

仙皇帝宮に二人が入っていくのについて私も足を踏み入れる。

「え？　な、なんで鈴華が仙皇帝宮に入れるの？」

マオが驚いて私の顔を見た。

「なんでって、仙皇帝の婚約者になったたから、だけど？」

そういえば、マオは仙牢にいる間に起きたことは何も知らないんだよね？

「はぁ？　いつの間に、僕の婚約者に？」

ん？　マオの婚約者？

「あれ？」

そういわれれば、と首をかしげる。

「鈴華、俺の婚約者だろ？」

レンジュの言葉にさらに首をかしげる。

「えーっと、仙皇帝の婚約者になったんだよね？　で、仙皇帝がレンジュじゃなくマオになったとしたら、一体私は誰の婚約者ってことになるんだろう？」

苗子の顔を見る。

「苗子が、見届け人だったよね？　どうなるかわかる？　仙皇帝の婚約者？　レンジュの婚約者？　それともどっちもなかったことになる？」

苗子がレンジュとマオの顔を交互に見た。

「俺、俺だろ、俺！」

「仙皇帝が僕なら僕ですよね？」

大きなため息を一つついて、苗子がずんずんと歩き出す。

「仕事がたまっていらっしゃるんですよね？　さぁ、手伝いますから、行きましょう！」

「ちょ、苗子お前、自分から手伝ってあげるなんてマオには優しくないか？　俺にはいつも自分でやれと言っていたくせにっ！」

マオが振り返って私に手を差し出した。

「鈴華、行こう！」

「うん。私も手伝えることがあったら手伝うよ！　なんでも言って！」

こうして、私の仙皇帝宮での暮らしの第一歩が始まった。

後日談 ～鈴華の里帰りと黒酒～

「鈴華《リンファ》……いったい、どうして、何がどうなっているんだ？」

お父様が、あたふたしている。

「ちょっと、お姉様、もしかして本を読みすぎて自分が物語の主人公になったと勘違いしちゃったんじゃない？」

「お姉様正気に戻って！　現実と本の世界は違うのよ？　というか、どんな本を読んだの？」

妹がなぜか私の言葉を疑った。

「……あなたたち、いい加減にしなさい。鈴華が仙皇帝《せんこうてい》妃に選ばれたことを、なぜ祝福できないんですか？」

お母様が、お父様や妹たちを制したあとに、私の顔をじーっと見た。

もちろん、呂国《ろこく》に里帰りしているため、実家バージョンの姿。

つまり、いつもの気を抜いた前髪で顔を隠した姿だ。

苗子《ミャオジー》もいないんだから、だらけちゃってもいいよね？　と、つい背筋がだらんと。猫背に。

仙皇帝宮に入る前に、一度里帰りすることになったのだ。まぁ、いろいろ受け入れる宮の準備もあるということで十日ほど。

「いやだって、鈴華が仙皇帝妃？　鈴華だぞ？」

「そうよ、お姉様が？　お姉様よ？」

お母様がふっと視線をそらした。

「ちょっと変わった方なのでしょう、仙皇帝陛下が」

うっ。

なんだか、ひどい言われようだよ。マオは変わった人じゃないよ。

あれ？　でも、私、マオの婚約者ってことでいいんだっけ？　一応仙皇帝マオの婚約者ということで仙皇帝宮に入ることになったんだけど。

……でも実際、婚約の義をしたのはマオが仙牢《せんろう》に入れられてしまって、仙皇帝の座を廃された先代仙皇帝だったレンジュが新しく仙皇帝になるときの仮の仙皇帝だったときだっけ？　あれ？となると、レンジュと婚約したとしても、仙皇帝の婚約者とは言えないのでは？

でも、変わった人といえば、レンジュは大正解なんだよね。

「ねぇ、ねぇ、お姉様と仙皇帝陛下はどのように知り合ったの？」

……どっちのことを言えばいいの？

マオのこと？　レンジュのこと？

「えーっと……なんか、二人とも、頭の上から声をかけられた……のが初めての出会い？」

マオは、木の上から。レンジュは天井から。

間違ってない。間違ってないわ。

「二人とも？　どういうことだ？」

「頭の上から声をかけられたって……また、お姉様は本を読んでいたのね？」

「仙皇帝陛下が近づいているのにも気が付かず本を読んでいて、頭の上から声をかけられたってことよね？」

違う、そうじゃないよ！

「違うわよっ！　だって、黒の宮……後宮《こうきゅう》には、本が一冊もなかったのよ？　信じられる？　枕の下や箪笥《たんす》の中にもなかったのよ？」

という私の主張に、お母様が怖い顔をする。

「枕の下や箪笥の中に本を隠すのはあなたくらいですよ、鈴華」

え？　そうかな？

「私が読んだ本には、殿方は女性に見られたくない本を隠すと書いてありましたけど？」

お父様に真偽を確認しようと視線を向ける。

「うぉっほん、隠さずとも使用人に管理させれば問題なかろう。私は本を隠したりなどしておらぬ」

お父様の言葉に、お母様がさらに怖い顔をした。

「へぇ、使用人に管理させていらっしゃるんですか？　どのようなご本なのか、お聞かせくださっても？」

おや？　私、言わなくてもいいことを言ったのかな？

「ああ、そういえば……。後宮って本がなかったかも。あえて探そうともしなかったから気が付かなかったわ」

と、私の前に後宮にいた妹がポンっと手を打った。

妹の言葉に、突然お父様が泣き出した。

「そうか、鈴華、本がないのか。それは辛かったな。だが、本がないのにすぐに帰りたいと弱音を吐かなかったのは代わりに後宮に上がる者がいないことを知っていたからか？　いろいろと考えてくれたんだなぁ」

お父様の言葉に、お母様があきれた声を出す。

「そんなわけがないでしょう？　後宮にいる間は望めばどんなものでも手に入るんですから」

お父様がすっと涙を引っ込めた。

「あの本も読みたいこの本も読みたいと、わがままを言って女官たちを困らせていたのではないだろうな？」

安心させようと目いっぱい笑顔になる。

「大丈夫よ。私はいちいち細かく読みたい本を取り寄せるようになんて言ってないわ」

妹がああと頷いた。

「そうよね、お姉様はメモだろうが、日記だろうが、帳簿だろうが、紙に文字が書いて束ねてあれば満足できるんですものね」

「いくらなんでも、そんなわけ……」

ん？

スカーレット様の持っていた女の兵法書というメモの束が読みたかったな。

マオとの交換日記……嬉しかったし。

……裏帳簿が見たいと駄々をこねそうになったのも確かだ。

否定しようとした言葉を飲み込む。

我が妹ながら、なぜそんなに私のことがわかるのか。

家族のあきれたような白い目が私に集まる。

「えっと、あれよ。適当に毎月千冊の本を黒の宮に運んでもらっただけよ？　もらったんじゃなくて、借りたのよ。で次の月になったら、新しい本を入れ替えて、ちっちゃな図書室を黒の宮に作ってもらったの。本はなんでもいいってお願いしたのよ、全然わがままなんて言ってないでしょ？」

妹が固まった。

「せ、千冊も？　……それも、毎月？　……怖っ！　お姉様、流石《さすが》にそれはないわ……」

フルフルと妹が首を横に振る。

「なんてことだ……。千冊の本をすぐに毎月用意させるなど……いくらなんでもそんな……」

お父様が頭を押さえた。

「大丈夫よ、私も知らなかったんだけど、仙皇帝宮には地下に巨大図書館があってね、そこにある本を運んでもらっただけだから。新しく本を準備してと我儘《わがまま》を言ったわけじゃないのよ」

本の妖怪《ようかい》っていってもね、本をむしゃむしゃ食べるわけじゃないんだから。そんなにたくさんの本を要求したりしないよ。借りるだけだから千冊なんて言えただけだよ。

……あ。紙をかじったことはあったな。忘れよう。

「仙皇帝宮の地下に巨大図書館が？　聞いたことがないわね」

お母様が首をかしげた。

あ、しまった。

「な、内緒にしてね。特に口止めされたわけじゃないけれど、もしかしたらあまり知られちゃいけない話なのかもしれないの。地下の巨大図書館には、八彩国の本が全部あるんだって。ずっと昔の本から、最新の本まで。全部よ、全部っ！」

お父様の顔から表情が消えた。

「内緒かもしれないいんだろう？　それ以上細かく説明する必要はない」

あっ、そうだったそうだった。

「確かに、巨大図書館があるって知っても、仙皇帝宮に入れない人は図書館にも入れないんだもんねぇ。知っても行けない場所なんて知らない方がいいよね。忘れてね」

と言ったものの、忘れるわけないよね。

でも、家族は誰も私ほど本が好きというわけじゃないから、意識の外には追い出しちゃうかな。

と、思ったら、なぜかお父様もお母様も妹一も妹二も固まってしまっている。

ちなみに、兄は政務中で、ここにはいない。

「ま、まさか……。お姉様、その地下巨大図書館に行きたくて、仙皇帝妃になるとか言わないよね？」

「言わないよ。スカーレット様やエカテリーナ様が仙皇帝妃になったら、侍女として連れて行ってと頼もうとしてたんだもん」

お父様がうんと頷いた。

「地下巨大図書館に行きたいがために、仙皇帝宮へ行こうとしてたのは事実なんだな？」

うんと素直に頷いた。

「それで、どうして仙皇帝妃に鈴華がなることになったわけ？」

お母様の言葉に、首をかしげる。

「えーっと、なんていうか、後宮を追い出されたくなくて」

「こ、後宮を、お、追い出される？」

お母様がひぃっと息をのんだ。

いや、だって、事件が起きて後宮が閉鎖されることになって……。

「あのときは必死で……」

マオを助けたくて。

「結婚してと、頼み込んだ」

レンジュに。

しーんと家族が静まり返る。

「うっわぁ！　まさかの！　お姉様からのプロポーズ！」

え？　そうなるのかな？　いや、そうなるのか？

「長年独身を貫いてきた仙皇帝陛下は、もしかして積極的な女性がお好みだったのか？　いや、そういう女性はいくらでもいただろう。なぜ、鈴華が……」

お父様が頭を抱えている。

うん、なぜだろうね？

お母様は私を抱き締めた。

「そう、鈴華から結婚して欲しいと、そう願い出たのね……よかった」

よかった？

「仙皇帝陛下から妃にと望まれれば、嫌でも断れない。鈴華が辛い思いをするのでなければよかったわ」

「お母様……」

お母様は私のことを心配してくれたんだ。そう思ったら涙が浮かぶ。

「まぁ、動機が本を読みたいであったとしても、ね。おめでとうお姉様」

ここで初めて、家族からおめでとうの言葉があった。

お母様に抱き締められている私の背を妹一と妹二が撫でる。

そうか。

私が仙皇帝妃に選ばれたことに驚いて、祝福の言葉が後回しになったわけじゃない。

私が幸せになれるのか、心配してくれたんだ。無理に妃にさせられるんじゃないかと思ってたんだ。

呂国のために身を犠牲にするのではないかと……。

うーん。本当は偽装婚約だとか、婚約者はレンジュなのかマオなのかよくわかってないとかは内緒にしておこう。

時の流れが違うのだ。心配してくれる家族がいる間は、偽装を続けてもらうようにお願いしてみよう。

あ、でも、いつまでも婚約者でいることを怪しまれたらどうしようかな。

そうだ。

「まだ婚約者というだけだから。これから妃教育が始まって、それが終わってから結婚になるはずで」

婚約のままなかなか結婚しなくても心配しないようにと思って口にした言葉に、家族が青ざめた。

「そうだわ、まだ婚約者なのですわね……」

「妃教育が待っていると……」

しまった。私は過去に婚約解消されたんだった。また解消されるのではと心配させちゃったわ。

「あ、そうだ。黒酒を、とびっきりの黒酒を準備してもらえる？　仙皇帝宮に届けてほしいの」

お父様が変な顔になった。

「黒酒を？　どうせなら、もっと美味《おい》しい酒をどれだけでも準備させるぞ？」

お父様は神事で飲まなければいけない黒酒を思い出したのかまずいものを飲んだ顔をする。

「ううん、黒酒がいいの。飲んでみたいと言っていたから……」

妹がはぁ？　と変な声を出した。

「まさか、お姉様説明しなかったの？　黒酒って……あー、あれだって」

「ううん、ちゃんと味のことは伝えたわ。でも、飲んでみたいって」

お母様がふっと笑った。

「鈴華みたいね。好奇心旺盛で、気になったことは自分で確かめたいタイプかしら」

「ねぇ、それって仙皇帝陛下？」

首を横に振る。

「じゃあ、別の宮の姫様？　お友達ができたのね！」

確かに友達はできた。スカーレット様にエカテリーナ様。

「変わり者同士、馬が合うのかもしれないわね。黒酒を飲んだらどんな反応をするかしら」

ポロリと涙が落ちる。

犀《さい》衣様の笑顔を思い出す。

私と同じだと思った。

私にとっての本が、犀衣様にとってのお酒。

似た者同士の私たち。きっと、友達になれた。

ボロボロと涙が落ち、止まらなくなってしまった。

「もう、会えない……」

それだけ口にして、あとはひたすら泣いた。

家族はそんな私に驚きはしたものの、ただ慰めてくれた。

犀衣様、どうして死んでしまったの。

飲みたいと言っていたでしょう？　今度お持ちしますねと約束したじゃない。

犀衣様……。もっとお話ししたかった。

約束通り、藤国《とうこく》の紫の宮に黒酒を持っていくから……。

幽霊でもいい、飲みに来て。

幽霊相手なら、少しくらい酒癖が悪くても許してもらえるかな？

止められているけれど、犀衣様と一緒に飲みたいよ。


「おい、後宮はもう閉鎖されたんだぞ、行きたいってなんだ？」

仙山《せんざん》に戻ると、そのまま仙皇帝宮へと案内されたけど、出迎えたレンジュにお願いした。

「だから、黒酒届いてる？　黒酒を持って、紫の宮に行きたいの」

レンジュが首をかしげた。

「黒の宮でもなく、紫の宮？」

「約束したの。黒酒を今度持っていくねって」

レンジュがハッと息をのんだ。

「そういうことか。わかった。一緒に行くからちょっと待ってろ」

レンジュの言葉にホッと息を吐き出す。

後宮にはもう入れないと言われたらどうしようかと思った。

仙皇帝妃候補が滞在する後宮。

私が仙皇帝の婚約者となり、妃候補が必要なくなったため閉鎖される。

ん？　ちょっと待って。レンジュが一緒なら後宮にはちょくちょく足を運べるんだろうか？

せっかく八彩国の特徴を持った宮に、それぞれの国の自然あふれる庭があるんだもの。行きたいよね？

マオだってちょいちょい顔を出してたし。

ああ、あのクスノキにもまた登りたいな。

「ほら、黒酒」

レンジュが右手に黒酒の入っている瓶を抱えて、左手で籐籠《とうかご》をぶら下げている。籠にはワインの瓶が数本刺さっているのが見えた。

「ありがとう、レンジュ」

そうだよね。犀衣様なら、まずい黒酒飲んだ後は口直しにとびっきり美味しいワインも飲みたいよね。

紫の宮の庭に足を踏み入れると、突然風がほおをかすめる。藤の花びらがひらひらと目の前に舞った。

藤棚はまだずいぶん遠くにあるというのに。まるで私を手招いているようだ。

「……物語の読みすぎかな……」

感傷的になっているのかもしれない。

藤棚を通り過ぎるとあのときと同じように東屋《あずまや》には赤い布の椅子があった。

おいでおいでと犀衣様が手招きしている姿が脳裏に浮かぶ。

「約束通り、黒酒持って来たよ」

さわさわと藤の花が揺れて音が鳴る。

「さぁ、犀衣様、今日は私も付き合いますよ！　特別です。本当は酒癖が悪くて家族のみんなから飲むのを止められているんですが、犀衣様なら笑って許してくれるでしょう？」

レンジュが籐籠からグラスを三つ取り出し、黒酒を注いだ。

「あれ？　レンジュも飲むの？」

「当然だろ？　酒ってもんは、一人で飲むより、大勢で飲んだほうがいいだろ」

そういうものかな？

「呂国にはこんな酒もあったんだな〜。長く生きていても知らないことだらけだな……っていうか、そんなに黒くないんだな」

レンジュがグラスを日にかざした。

「そうだね、光を当てるとそれほど黒くないわよね。でも、瓶に入っている物を覗き込むと黒く見えるのよ」

レンジュが瓶の中を覗き込んだ。

「確かに。だから黒酒ってのか。なかなか外に出ない秘蔵のお酒なんだろう？　さぞうまいんだろうな」

レンジュがグイっと黒酒をあおった。

「ぶへっ、な、何だこりゃっ、騙したな！」

レンジュがむせている。

「あーあー、神にささげる神酒なのに、吹き出すなんて罰が当たるわよ？」

にやりと笑えば、レンジュが顔をゆがめる。

「はぁー、鈴華、お前なぁ……。まさか紫の姫も騙そうとしてたんじゃないだろうな？」

ぶつぶつ言いながらも、レンジュはちびちびと黒酒を飲む。

「失礼ね。レンジュのことだって騙してなんかないわよ？　勝手に秘蔵だとかなんだと思い込んだんでしょ？　犀衣様にはちゃんと話をしたわよ。作り方は簡単だけど、誰も作って飲もうとしないってね」

レンジュがあーと頭をかいた。

「そういうことか！　外に出ないのは、単に誰も飲みたがるような味じゃないからかっ！　っていうかよく紫の姫はそんなもん飲みたがったな？」

レンジュの言葉には答えずに、グラスに口をつける。

久しぶりのお酒が黒酒でよかったのかもしれない。

お酒を美味しいと思わずに済むから。犀衣様も初めて飲むお酒が黒酒だったらあんなことには……。

「おいこら、湿っぽい顔すんなって。酒は楽しく飲まないとな、いくらまずくても」

レンジュが私のグラスに自分のグラスを当てて音を鳴らす。

「ああ、言ってはならないことを……。レンジュ、個性的な味だとか、独特の味だとか言うべきよ？」

「ふっ、ははは、なるほどな、呂国の神様は個性的な酒が好きってことだ」

「もしかしたら、飲みすぎないようにあえてああいう味にしてるのかもしれないわ。酔っぱらったら仕事できなくなって困るもの」

「そういう考え方もありか！　しかし、神様も大変だな、ははは」

うーんと考える。

「そういえば、苦いとか辛い食べ物があるでしょう？　あれって、本来は毒だと認識して食べなくなる味なんですって。その証拠に小さな子供は嫌いでしょ？　でも、人間って成長するにしたがって、刺激を求めるようになるんですって」

レンジュがふと手を止めた。

「なるほど……刺激か……。神様も、同じことの繰り返しでは退屈してしまうということか……」

ポンポンと私の頭をレンジュが撫でた。

「その点、俺は刺激的な生活が待ってそうだ」

「ほえ？　刺激？」

「って、鈴華、お前いつの間にそんなに飲んだんだ？」

にゃんか、言ってる？

「目が据わってるぞ、って、その手はなんだ、ちょっと待て、何をする……」

うっさいなぁ。

「た、助けてくれ、苗子っ！　苗子ーっ！」

残念だけど、ここには苗子はいないのだー。しかも逃げる天井もないよ。

「や、やめろ、やめてくれ鈴華、やめないと、どうなっても知らないぞ？」

うん？　どうなる？

「兄さんっ！　何をしてるんですかっ！」

あ、この声。

「マオも、飲む？　飲むよね？　黒酒らよー、呂国のお酒」

私が使っていたグラスをマオに押し付ける。

「って、え？　兄さん、逃げようとしてもダメですよ、ちゃんと説明してもらいますから！」

「ほりゃ、早くマオも飲んで〜。お酒飲んだら、することあるでしょ？」

マオの服に手をかけて、引っ張る。

「ちょ、鈴華、一体何を……！」

マオの服を脱がしにかかる。

「ま、まさか兄さんは服を脱いだわけではなく、鈴華に脱がされたんですか？　って、ちょっと、鈴華、さ、流石に服を脱がすのは……その、まだ早いというか、いや、そういうことではなくて……酔ってすることでは……」

「にゃに言ってるのよ、早くして、ねぇ、お酒飲んだら、次は腹踊りでしょ？　本に書いてあったよ～酔っ払いは、腹に顔を書いて踊るんだって、見たいから、早くー、早く脱いで腹を出して～」

マオが服を脱がされまいと押さえていた手から力が抜けた瞬間を狙って、襦《じゅ》をはぎ取る。

「ぶっ、はははは、はっ、どこの世界に、仙皇帝の服をはぎ取る女がいるのか！」

レンジュが大笑いし始めた。

「ほんっと、飽きないよな、退屈してる時間なんてありゃしない」

マオのお腹に顔を書かないと、顔……。

「うーん、顔、これでいいか～」

顔を、マオのお腹に押し当てる。

「鈴華、な、何を……」

「ちょっと薄いけど、化粧がマオのお腹についたよ～、さぁ、踊って、腹踊り、マオ、早くぅ」

マオが一向に踊りだそうとしない。

「もー、じゃあ、私が見本を」

と、襦のひもに手をかけたところで、その手をつかまれた。

「鈴華様、腹踊りは仙山ではいたしません」

「あ、苗子だぁ、そうなの？　じゃあ、何するのぉ？」

苗子がちょっと考え込んだ。

「に、二人羽織《ばおり》ですかね？」

「ん？　二人羽織って何？　レンジュは知ってる？」

首を横に振るレンジュ。

「マオは？」

マオも知らないと言う。

「鈴華様、二人羽織の本を今度ご用意いたしますので、読んでからお楽しみください」

「んー、わかった」

腹踊りは諦めて、つまみを食べながらお酒を飲んだ。なぜか水みたいな味だったけど、レンジュとマオとそれから今日は特別ということで苗子も一緒にお酒を飲んだ。そして、きっと犀衣様も一緒に。

ねぇ、約束した黒酒の味はどうだった？


翌日。

禁酒が徹底されることになった。

何をしでかしたんだろう、私……。

あとがき

お手に取っていただきありがとうございます！

富士とまとです。

鈴華のドタバタ後宮生活も無事に（？）終わり、仙皇帝宮に入ることになりました。

とはいえ、結局誰と結ばれたのか、結ばれるのか、分からない鈴華らしい終わり方に落ち着きました。百年後……いや千年後にどうなっているのか楽しみです。

本の発行に携わってくださった皆様、ありがとうございました。

これからまだコミカライズが始まりますので、そちらを楽しんでいただければ幸いです。

また会えますように。

富士とまと

最後までご回答いただくと

富士とまと先生

書き下ろしのSS《ショートストーリー》が

読める!!

ブシロードノベル
購入者向けアンケートにご協力ください

［二次元コード、もしくはURLよりアクセス］

https://form.bushiroad.com/form/brn_hassai2_surveys

よりよい作品づくりのため、
本作へのご意見や作家への応援メッセージを
お待ちしております

※回答期間は本書の初版発行日より１年です。
　また、予告なく中止、延長、内容が変更される場合がございます
※本アンケートに関連して発生する通信費等はお客様のご負担となります
※ PC・スマホからアクセスください。一部対応していない機種がございます

［ブシロードノベル］
八彩国の後宮物語～退屈仙皇帝と本好き姫～　2

2025年3月7日　初版発行

著　　者　富士とまと
イラスト　森野きこり
発 行 者　新福恭平
発 行 所　株式会社ブシロードワークス
〒164-0011　東京都中野区中央1-38-1 住友中野坂上ビル6階
https://bushiroad-works.com/contact/
（ブシロードワークスお問い合わせ）
発 売 元　株式会社KADOKAWA
〒102-8177　東京都千代田区富士見2-13-3
TEL：0570-002-008（ナビダイヤル）
印　　刷　TOPPANクロレ株式会社
装　　幀　AFTERGLOW
初　　出　本書は「小説家になろう」に掲載された『八彩国の後宮物語～退屈仙皇帝と本好き姫～』を元に、改稿・改題したものです。
担当編集　飯島周良
編集協力　パルプライド

ISBN 978-4-04-899759-1 C0093